4人 4色

길을 말하다

국립중앙도서관 출판시도서목록(CIP)

(4人 4色)길을 말하다 / 남장·정우·보경·법상 공저.
— 서울 : 다빈치하우스, 2008
    P. ;   cm.

 ISBN 978-89-91907-20-1 03810 : ₩13,000

220.4-KDC4
294.302-DDC21   CIP 2007003652

山門에서 軍門으로

4人 4色

길을 말하다

남장 · 정우 · 보경 · 법상 공저

4人4色 길을 말하다

초판 1쇄 인쇄 | 2008년 1월 2일
     1쇄 발행 | 2008년 1월 7일

지은이 | 남장·정우·보경·법상

펴낸이 | 김영선
기획·편집 | 이미현
디자인 | (주)다빈치하우스 박은선
마케팅·홍보 | 이교숙

펴낸곳 | (주)다빈치하우스 – 미디어숲
주소 | 서울시 마포구 합정동 362-5 조현빌딩 2층 (우121-884)
대표전화 | 02-323-7234
팩스 | 02-323-0253
홈페이지 | www.mfbook.co.kr
출판등록번호 | 제2-2767호

값 13,000원
ISBN 978-89-91907-20-1   03810

머리말

함께 같은 길을 걷는 도반(道伴)이 있다는 것, 그것처럼 든든하고 행복한 일이 또 있을까. 게다가 삶의 고민을 같이 나눌 수 있고, 꺼내기 부끄러운 내밀한 마음까지도 허물없이 보여줄 수 있는 그런 도반이 있다면 그것만으로도 삶은 빛을 얻고 생기가 돌 것이다.

〈숫타니파타〉라는 경에서는 '만일 현명하고 잘 협조하며 행실이 올바르고 지혜로운 도반을 얻게 되면 모든 어려움을 극복할 수 있으리니, 기쁜 마음으로 생각을 가다듬고 그와 함께 가라. 수행자는 참으로 도반 얻는 행복을 기린다' 라고 했다.

조금은 외롭지만 각자 자신의 처소에서 자기다운 삶을 독립적으로 살아나가는 것이야말로 모든 수행자의 몫이요 갈 길이 아닐까. 자기 나름대로의 삶의 방식이 있고, 자기 나름대로의 수행하는 방편을 지니며, 대중들에게 지혜를 전하는 방식도 제각각이겠지만, 같은 길을 걷는다는 것 그 하나만으로도 도반은 그 존재 자체가 든든한 울타리요 주춧돌이 된다.

좋은 도반을 만나러 가는 길은 설레임과 긴장이 교차한다. 도반들은 서로에게 경책을 받기도 하고, 서로에게 스승이 되기도 하며, 좋은 생각을 함께 나눔으로써 삶의 활력소가 되기도 하며, 때로는 가족 같은 따스함으로 의지처가 되어 주기도 한다. 그래서 좋은 도반을 만나고 돌아오는 길은 언제나 맑은 청량함과 행복감이 교차한다.

이 책은 그런 같은 길을 걷는 도반들이 모처럼 만나 마음을 나누고 삶을 나누며 회향을 이야기하다 함께 마음을 모은 결실이다. 도반과의 만남이 언제나 즐겁듯 이렇게 모여진 도반들의 삶의 조각들이 보다 많은 이들에게 작은 기쁨과 행복을 선사해 줄 수 있기를 바라는 마음으로 이 책을 엮게 된 것이다.

남장·정우·보경·법상 우리 네 사람이 함께 걷고 있는 '같은 길'이란 바로 군포교의 길이다. 20대 초반에 군을 찾는 젊은이들에게 부처님의 말씀을 전해주고, 그들의 삶에 지혜로움을 심어주는 일, 그것을 위해 전국 각지에서 정진하고 있는 군복 입은 스님들의 소박한 이야기들이다. 스님의 길과 군인의 길을 동시에 걷고 있는, 그래서 더욱 더 자신의 살림살이에 매서운 경책이 필요한 조금은 특별하고 조금은 생소한 군대 안의 수행자, 바로 군승(軍僧)들이 들려주는 이야기들이다.

우리들의 살림살이를 궁금해 하는 사람들이 많다. 넓게 보면 군 밖의 일반 스님들과 별 다를 것이 없다. 굳이 다른 점을 들자면 일반 스님들이 하는 기도와 수행과 절 살림에다 정기적인 설법, 군에서 부여된 상담, 교육, 위문 등의 일들이 추가되며, 승복과 함께 때로는 계급장이 달린 군복을 입어야 하고 그러다보니 머리도 약간 긴 특별함이 있다. 또한 항상 20대 초반의 젊은이들을 만나고 그들에게 진리를 전해주어야 하다 보니 끊임없이 그들의 눈높이를 맞추어 가야 하는 어려움이 있고, 그들의 삶과 문화를 접해야 하니 변화에 적응을 잘 하고 마음만은 언제나 젊다는 특성이 있다.

군을 다녀간 사람들의 우스개 소리에, '세상에는 군인과 민간인 두 종류의 사람이 있다'고 하던데, 이 책은 우리들이 군에 몸 담고 있다고 해서 군인들만을 대상으로 쓰여진 책은 아니다. 오히려 젊고 씩씩한 군인들에게 전해지는 흥미롭고 재미있는 가르침, 우리의 삶 속에서 살아 숨쉬는 생생한 가르침을 민간인(?)들에게도 소개해 보고자 엮어진 책이다. 누구에게나 꼭 들려주고 싶었던 지혜로움에 대한 이야기들이 담겨 있는 책이다.

여기에는 한 사람의 수행자가 아니라 네 사람의 수행자가 살아가는 삶이 녹아져 있으며, 서로 조금씩 다른 삶의 관점도 발견할 수 있을 것이다. 아무쪼록 이 한 권의 책 안에서 네 사람의 특별한 수행자들을 만남으로써, 이 글을 읽는 이들의 일상이 조금 더 지혜로워지고 평안해지며, 행복해지고 설레일 수 있기를 바란다.

끝으로, 이 책이 나오기까지 애써 주신 '미디어 숲' 사장님과 편집장님께 깊은 감사를 드린다.

차례

머리말   5

아름다운 회향 ~外   10

南將 남장

탁발의 추억 12   수본진심 16   무연자비 19   방하착 22   나의 안목은? 25   아름다운 회향 28

상선은 없다 31   지음 34   걸인지상 군왕지상 37   본분사 41   소가 통나무 다리를 건너듯 44

해우소에서 47   살아계신 부처님 50   봄날은 간다 53   연리지목 56   좋으면 뭐합니까 59

관심과 끈 62   말씨와 마음씨 64   초심불망 67   역경이 곧 행운이다 70   본래면목 73   망모제문 76

황소를 소매치기하는법 ~外   80

正雨 정우

황소를 소매치기하는 법 82   목탁채와 부지깽이 85   이 사람을 소개합니다 88

누님의 배는 아직 안 부르십니까? 91   저 높은 곳을 향하여 95   천지의 갈림길에 서서 98

인연이라는 것 101   변화하지 못하면 깨달음도 없다 104   가장 중요한 것은 눈에 보이지 않는다 107

흔들리며 피는 꽃 110   코끼리와 기름 등 113   편작이 유명한 이유 116   지도자의 살신성인 120

그대가 원하시는 대로 122   처처도량 사사불공 125   3일을 안 보는 동안 128   청수무어 131

향기로운 첫마디의 기적 135   스티그마 효과 138   쌓이는 모든 것은 병이 된다 141   도로시의 구두 144

길에 서서 길을 묻는가 ~ 外   148

普鏡 보경

오늘이 남아 있는 인생 최초의 날이다 150   쉽게 살아가려는 어리석음 153
인생의 시나리오는 자신에 의해서 결정된다 156   길에 서서 길을 묻는가 159   ARE YOU HAPPY? 162
평상심 165   복전이 되는 길 168   부드러운 말 한마디의 힘 171   나 자신과의 싸움에서 이겨야 한다 174
꼴값에 대하여 177   왜 사냐건 웃지요 180   지옥의 문 극락의 문 183   나는 어떤 만남이 되고 있는가 186
뮌히하우젠 증후근 189   장군과 찻잔 192   세상에서 가장 아름다운 헌화공양 195   꽃을 바라보는 마음 198
마음의 어둠을 밝히는 일 202   마음의 고향을 찾아서 205   단풍유감 208
지금 이 순간을 어떻게 살고 있는가 211   어떤 만남, 어떤 인연인가? 214

모든 것이 새롭다 ~ 外   218

法相 법상

만남의 연기적 의미 220   지혜로운 네 가지 삶의 방식 223   우연은 없다 226   무분별의 지혜를 따르라 229
모든 순간이 새롭다 232   그냥 존재하는 시간 235   신념도 놓아버리라 238   다섯 가지 생활수행법 241
모든 상황은 중립이다 244   무슨 일을 할 것인가 247   내맡기고 자유롭게 가라 250
물처럼 바람처럼 살라 254   인공적인 자연은 없다 257   대자연과 공명하는 삶 260
수행자의 길과 대자연의 길 263   겨울 숲에서 배운다 266   지구의 종말, 생명의 종말 270
한 번에 하나만을 하라 273   모르고 사는 즐거움 276   몸공부 마음공부 279   왜 노후를 걱정하는가 282
계절의 초대에 응하라 285

南將
남장

開口一錯(개구일착) 板齒生毛(판치생모)
입을 열면 이미 그릇됨이요,
판떼기 이빨에 털 난 격이다.
감히 입을 열어 이미 그릇되었으니,
나는 맞아죽어도 싸다.
守本眞心(수본진심) 普皆廻向(보개회향)
다만 **참 마음**만은 지켜서,
널리 회향코저 하오니 그저 그 뿐!

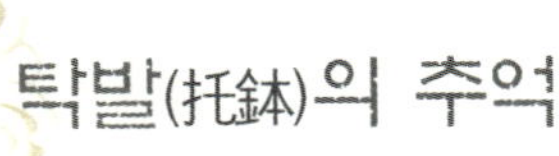

탁발(托鉢)의 추억

숙세의 인연이 깊었는지 나는 7세에 동진출가했다. 어린 나이에 부처님 시봉하며 산사에서 살다 보니 거의 내 또래와는 어울리지를 못하였다. 큰스님 시봉이나 나보다 나이 많은 분들과 생활하다 보니 또래에 비해 정신적으로 조숙한 편이었다.

이런 나와 잘 어울려 다녔던 도반은 3살 위의 문수라는 친구였다. 나이는 위였으나 키는 작았던 그는 학교를 다니지 않았으며 머리가 썩 좋은 편도 아니었다. 문수와 나는 종종 탁발을 함께 나가곤 했는데, 지금은 탁발이 불교 이미지에 부정적인 영향을 준다고 하여 금지되고 있지만 당시 탁발은 자연스러운 스님들의 일상사였다.

종교적 의미에서, 탁발은 시주자에겐 공덕을 짓게 하고 수행자에겐 무소유의 실천인 동시에 수행의 한 방편이기도 하다. 탁발은 말그대로 문

전걸식이니 철저히 자신을 비우지 않으면 안 된다. 그러나 그 당시엔 또래의 동네 꼬마들이 줄지어 따라다니며 "중중 때까중!" 하며 놀려대는 바람에 무척이나 창피하고 부끄러웠다.

얼굴을 감추기 위해 김삿갓과 같은 커다란 삿갓을 쓴 채 나는 바랑을 지고 목탁을 들었으며, 도반인 문수는 발우를 들었다. 그땐 자연스러운 모습이었지만, 지금 생각하면 어린 동자승 둘이 어울리지 않게 커다란 삿갓을 쓰고 동냥하는 모습이 구경거리가 될 만했다.

요즈음은 시골에도 벽돌담에 철제 대문이 달려 있어, 집 안으로 들어가기 어렵지만, 그 당시엔 흙돌담만 있을 뿐 따로이 대문이 없었다. 벽돌담과 철제 대문의 차이만큼 요즈음은 시골마을 인심도 벽을 쌓고 낭만이 사라져버린 것 같아 씁쓸한 생각이 든다.

이제는 찾아볼 수도 경험할 수도 없는 그 시절 풍경화 속에서 문수와 진공(남장의 어린 날 법명)은 대문 없는 시골 마을 경계선을 넘어 목탁을 내린다. 동자승 둘이 큰 소리로 "소승 문안입니다!" 하고 외친 후 반야심경을 읊조린다. "마하반야 바라밀다 심경 관자재보살……"

시골집을 들어서면 대부분 마당이 있고 그 위에 토방이 있으며, 마루 다음으로 안방이 있다. 안방문 옆에 조그만 쪽문이 달려 있는데, 거기엔 방 안에서 밖을 내다볼 수 있도록 중앙에 10cm 정도의 정사각형 유리가 달려 있다. 집 안의 주인은 그 유리를 통해 무슨 소리가 들리면 문을 열지 않고 내다보게 된다. 우리가 경을 절반 정도 독송할 즈음이면 대략 다음과 같은 반응들이 나타난다.

첫 번째는 "아이구! 우리 동자 스님들, 어서 오세요" 하면서 쌀 한 바가지를 들고 나와 합장하며 발우에 담아 주는 분. 거기에 식사 때라도 되었으면 들어오라고 해서 따뜻한 밥상까지 차려주는 경우도 있다. 그러면 우리는 정성껏 그 집을 위해 기도하게 된다.

두 번째는 "우린 예수 믿어욧!" 하며 냉정하게 쫓아내거나 욕설을 퍼붓는 사람이다. 그 땐 정말 눈물이 났다.

세 번째는 아무 반응 없이 그냥 안에서 내다보고만 있는 경우이다. 이럴 때 우리는 마당에 토끼 두 마리를 그려 놓고 아무렇게나 글자 몇 개 써 놓은 뒤 절하고 뒤돌아 나온다. 그러면 한 열 걸음 떼었을까? 집 안에 있던 누군가가 맨발로 쫓아 나와 우리들의 옷소매를 붙잡고, "아이고 스님들, 잘못했습니다. 제발 저것 좀 지워주고 가세요!" 라며 매달린다. 그러면 우리는 "다 시주님 복 받으시라고 해 놓은 것이니 염려 마세요"라며 탈탈 털고 돌아선다.

이렇게 탁발을 다니다 보면, 사람들의 생김새만큼이나 다양한

마음의 쓰임새를 알게 되고 저절로 살아있는 인생 공부를 하게 된다. 당시엔 많이 부끄럽고 창피했지만, 지금 생각해 보면, 다시는 체험할 수 없는 소중한 경험이요 산 공부였다. 아마도 오늘의 내가 존재함은 바로 그 시절 겪었던 산 공부가 밑바탕이 되지 않았나 싶다.

산 경험이야 말로 가장 훌륭한 스승이다. 전자기기에 포로가 되어 있는 요즘 세대를 보면 그래서 걱정이 앞선다. 기계와 사람이 아닌, 사람과 사람이 부대끼며 살아있는 정이 흐르던 가난했지만 행복했던 그 시절이 새삼 그립다.

수본진심(守本眞心)

수본진심이 제일정진(第一精進)이라! 서산대사의 〈선가귀감〉에 나오는 말씀이다. 나는 이 말씀을 내 삶의 좌우명처럼, 혹은 화두처럼 삼고 살고 있다.

진심(眞心)이란 무엇인가? 진심이란 변하지 않는 '참 마음'이요, 물들지 않는 '깨끗한 마음'이요, 한없이 포용하며 순수한 '깨어 있는 마음'이다.

그 자리엔 성냄도 어리석음도 답답함도 옳고 그름도 떠났다. 그저 맑고 따뜻한 마음일 뿐이다. 그러니 이 마음을 잘 지키는 것이 곧 자기를 지키는 것이요, 참되게 사는 길이다. 그런데 살다 보면, 어찌 이런 마음 견지하기가 쉬운 일인가?

어느 날 새벽 예불을 마치고 나니, 마을의 노보살님 한 분이 밤 몇 톨

을 불단 위에 정성껏 올려놓고 가셨다. 밤을 보니 문득 오래 전 거제도 장
승포의 시인 도리천 스님의 시가 떠오른다.

“가난한 할머니가 고무신 깨끗이 씻어 불단 위에 올려 놓고 부처님
외출하실 때 신으시라 기원하며 맨발로 돌아가셨다.”

이 짧은 자작시를 그는 어린아이처럼 천진하게 읊어 주었다. 아무것
도 없는 가난한 할머니가 부처님께 특별히 드릴 게 없어 고민하다가 부처
님을 바라보니 맨발이시라, 자기가 신고 있던 고무신을 깨끗이 씻어 불단
위에 올려놓고 외출할 때 신으시라며 공양 올리고 정작 자신은 맨발로 돌
아가셨단다.

이 순수한 시골 할머님의 지극한 마음이 담긴 공양이야말로 참 불공
이 아니겠느냐고! 그래서 스님은 시로써 이 할머님의 마음을 영원히 남겼
노라고 했다. 아마 이 노보살님께서도 주워 온 밤 몇 톨을 부처님 전에 올
리며, ‘부처님! 올 가을엔 이 햇밤 드시고 고향생각일랑 잊으세요!’ 라고
기원하셨을 것이다. 그리고 손수 농사지어 갈아 만든 콩국물이라며 쑥스
럽게 내려놓고 가시는 모습에서 고무신 할머니의 그 마음 같은 거룩함이
느껴져 가슴이 뭉클해졌다.

나를 공부시키는 사람이 또 있으니 함께 생활하는 군종병이다. 이 친
구는 천성적으로 행동이 굼뜬지 새벽에 자명종을 몇 개씩 틀어 놓으면서
도 일어나는데 무척 힘들어했다. 건너편 방 내 침소에까지 얼마나 자명종
소리가 크게 들리던지 내가 일어나 예불준비를 다 마칠 때까지도 영 소식

이 없다.

　이런 날엔 나는 그를 깨우지 않고 슬그머니 예불 준비를 마치고서 대종을 타종하러 범종각으로 숨가쁘게 올라간다. 계단이 108계단이니 한참을 올라가야 한다. 시간에 늦지 않도록 숨을 헐떡이며 종각에 이르렀을 때, 시커먼 그림자가 버티고 서있었다. 깜짝 놀라 가슴을 쓸어내리며 바라보니 군종병 녀석이 가만히 서있는 것이 아닌가? 늦게 일어난 탓에 타종하러 먼저 뛰어올라 온 것이다.

　난 순간 마음 밑바닥에서 화가 치밀어 오르며, '아니 이 놈이 날 훈련시키나? 늦었으면 바로 법당으로 와서 늦었지만 종은 자신이 치겠다고 했으면 내가 이렇듯 땀 흘리며 숨차게 올라오는 수고를 하지 않아도 될 것 아닌가?' 라는 생각에 험한 말이 튀어나오려 했다.

　한데 그 찰나, 시야 가득 아름답게 펼쳐진 세계가 한 폭의 산수화라! 바로 한 생각 돌렸다. '그래, 그래도 네 덕분에 이 좋은 새벽 공기 마시며 이 아름다운 산수화를 대하게 되었으니 얼마나 감사한 일인가?' 그렇게 마음 돌리니 밉던 군종병의 얼굴이 부처님 얼굴로 바뀌며 마음이 개운해졌다.

　삶이란 바로 순간이다! 이처럼 한 순간 깨어 있으면 행복하다. 그러나 한 순간 어두워져 버리면 바로 지옥이다. 행복도 지옥도 내가 만든다. 그래서 수본진심이야말로 제일의 정진이라 하는 것이다.

깊고 넓은 마음, 자비한 이 마음을 얻어야 깨달음을 얻었다고 한다. 이 마음은 책을 읽어서 얻는 것이 아니요, 생각해서 얻는 것도 아니다. 오직 선근, 선행, 선지식을 만나 행(行)을 통해 얻을 뿐이다.

대안 대사는 굴 앞 풀밭 위에 너구리 새끼 아홉 마리를 놓고 칡뿌리를 먹이느라 애를 쓰고 있었다. 눈도 못 뜬 너구리 새끼들은 주둥이를 내민 채 낑낑대고 있었다. 젖을 찾는 모양이었다. 대안대사가 원효에게 너구리를 맡기고 마을로 소젖을 얻으러 간 사이 새끼 한 마리가 죽었다. 대안대사가 젖을 빌어 돌아와 보니 원효는 그 죽은 너구리 새끼를 위하여 〈법화경〉을 읽고 있었다. 대안이 묻는다.

"너구리가 〈법화경〉을 알아듣소?"

"너구리가 무슨 경을 알아듣겠습니까?"

대안이 소젖을 입에 넣어 주며 말했다.

"아가 젖 먹어라. 자 멍! 네 어미 젖만 못하겠지. 자 멍!"

"이것이 너구리가 알아듣는 경이요!"

차례로 젖을 먹이는데 마지막 한 마리는 너무 쇠약한 나머지 받아먹지 못하고 죽고 말았다. 대안은 죽은 너구리 새끼의 시체를 옆에 놓아두고 젖을 따라 놓은 뒤 굵은 눈물을 떨구었다. 원효는 놀랐다. 대안의 눈물은 무연(無緣)의 눈물이었다. 제게 인연 있는 이만을 위하여 흘리는 중생의 눈물과는 달랐다.

원효는 비로소 대비(大悲)의 뜻을 알 것 같았다. 대비의 눈으로 세간을 바라볼 때 어찌 눈물이 비 오듯 아니할 수가 있으랴?

원효가 묻는다.

"스님의 송경을 너구리 새끼가 알아들었겠습니까?"

"배고픈데 먹여주는 것을 몰라?"

"배고픈데 먹여주는 것으로 무엇을 설하셨습니까?"

"자비!"

"시체 앞에 젖을 따라 놓으면 무슨 소용이 있겠습니까?"

"먹이고 싶은 마음!"

"그렇습니다. 스님은 자비 법문을 설하셨습니다."

"이것은 대안이 설한 것이 아니라 비로자나불이 설한 것이요."

"대일여래가 무슨 법을 설하십니까?"

"평등 보시 법문이요. 스님도 빛을 받고, 너구리 새끼들도 빛을 받고, 저 풀과 나무들도 빛을 받지 아니하오? 법계가 온통 대일여래(大日如來)의 자비심인(慈悲心印)이란 말이오."

이후로 원효는 자신의 이름을 감추고 거지 중이 되어 이곳 저곳을 떠돌아다니며 불쌍한 중생들을 돌보기 시작하였다. 친구인 의상이 당나라 유학을 마치고 돌아와 여러 곳에 절을 짓고 있을 때. 원효는 이 마을 저 마을의 병자들을 돌보고 타들어 가는 곡식에 우물을 파서 물을 주고, 산 속 도적들을 설득하여 양민으로 돌아가게 하였다. 그러면서도 자기 자신은 너구리 새끼를 기르던 대안 대사에 비하면 어림없다고 생각하며 정진을 계속, 일체 무애의 도를 성취하고 해동의 성자로 추앙 받는 국사가 되었다.

춘원 이광수의 소설 〈원효〉에 나오는 장면들이다. 진정 이 시대의 대안과 원효는 어디에 있는가? 진실로 유연자비(有緣慈悲)가 아닌 무연자비(無緣慈悲)가 그리운 시대이다.

시각 장애자 한 사람이 길을 걷다가 그만 발을 헛디뎌 낭떠러지로 떨어질 위험에 처했다. 그는 본능적으로 길가의 나뭇가지를 붙잡고 매달렸다. 그리고 힘껏 살려달라고 소리쳤다. 눈 뜬 사람들이 지나가면서 보니 우습게도 그는 가로수 나뭇가지에 매달려 외치고 있는 것이었다. 지나가던 사람들은 그에게 그냥 손을 놓으라고 일러 주었다.

"그 손을 놓으세요. 손만 놓으면 살 수 있겠구먼."

그러나 그럴수록 그는 있는 힘을 다해 매달렸다. '지나가는 사람들이 나를 구해주기는커녕 죽으라고 아예 손을 놓으라고 하는구나' 생각하며 오히려 행인들을 원망했다.

시간이 흐르면서 그는 점점 힘이 빠졌고 더 이상 버틸 수 없게 됐다. '이젠 꼼짝없이 낭떠러지에 떨어져 죽겠구나' 생각하며 버티다 그만 손을 놓치고 말았다. 그런데 이게 웬일인가? 그의 발은 그냥 땅을 밟고 서는 게 아닌가. 그제야 그는 자신의 어리석음을 탓하며 '진작에 놓을 걸' 하고 후회했다.

경전에 나오는 비유의 말씀이다. 눈 먼 이는 우리 중생들의 모습이요, 눈 뜬 이는 부처님과 같이 깨어 있는 성인이다. 그렇게도 놓지 못하고 잡고 있는 나뭇가지는 어리석은 우리들의 오욕(五慾)을 일컬음이다. 놓으면 되는 것을 놓지 못하는 중생의 업장이란 그처럼 두텁고 어려운 것이다. 누구나 욕망에 사로잡히면 비좁은 골방에 갇힌 것처럼 정신의 소재를 잃어버린다.

이 세상에 내 것이란 아무것도 없다. 왜냐하면 내 몸이라 여기는 몸도 따지고 보면 내 것이 아니기 때문이다. 마음 속에 애착이 있으면 좋고 나쁨을 가리게 되고, 중생을 차별하는 분별심이 나오게 되어 있다. 삶에 있어 모든 괴로움은 소유욕으로부터 시작된다. 그러므로 진정 어리석은 집착심을 놓아버릴 수만 있다면 우리의 삶은 축복과 누림의 혜택을 입을 수 있다.

우리 법당 일주문엔 '이 문에 들어오는 자는 모든 알음알이를 내려놓으라'고 쓴 주련이 걸려 있다. 수행이란 바로 내려놓음으로부터 시작하기 때문이다. 내려놓기 위해서는 우선 '아상(我相)' 즉, 나만이 최고요 옳다는 자기중심적 사고를 꺾어야 한다. 두 팔과 허리와 두 다리를 꺾어 바닥에 닿음으로써 철저히 나를 놓는다. 그 수행이 곧 절(折)이요, 이것을 행하는 장소가 절(寺)인 것이다. 그러므로 절(拜)은, 더 채우고자 얻으려는 기도가 아닌, 내려놓고(下心) 비우는(空) 수행법인 것이다. 그래서 선가(禪家)에서는 방하착(放下着), 다 내려놓으라고 한다.

세상에 내 것이란 없다. 내 것이라는 허망한 생각 속에 전도된 집착심을 하나씩 버리는 연습을 해보라. 진정 놓아 버릴 때 그대는 걸림 없는 자유를 누리게 될 것이다.

방하착, 내려놓겠다는 그 생각마저 내려놓으라.

한 객승이 하룻밤 묵어가고자 큰스님이 계신다는 사찰의 문을 두드렸다. 그런데 이 절의 규칙은 큰스님이 제시하는 시험을 통과해야만 입방(入房)이 허락되었다.

객승을 담당하는 큰스님의 시자승은 한쪽 눈을 잃은 애꾸눈이었는데, 큰스님께 물었다.

"오늘은 어떻게 시험을 치를까요?"

큰스님께서는 '말없는 말'로 문답해 보라고 했다.

먼저 객승이 손가락 하나를 들어 보였다. 시자승은 손가락 두 개를 내보이며 응답했다.

객승은 이어 손가락 세 개를 들어 보였다. 시자승은 주먹을 내보였다.

그러자 객승은 "제가 졌습니다" 하고 큰스님을 찾아가 "듣던 대로 참으로 훌륭한 제자를 두었습니다"라고 말했다.

그리고 문답에서 졌으니 다른 곳으로 가 봐야겠다고 인사를 드리자, 큰스님은 진 연유를 물었다.

객승이 답하기를, "제가 먼저 '부처님은 하나'라는 의미로 손가락 하나를 내보이자, 시자승이 '부처가 있다면 가르침이 있다'는 의미로 손가락 두 개를 내보였습니다. 그렇다면 '부처와 가르침과 그것을 믿고 따르는 무리가 있으니 불·법·승 삼보'라는 의미로 손가락 세 개를 들어 보였더니, 시자승은 '만법은 하나로 돌아간다'는 의미로 주먹을 들어 보여 제가 졌습니다."

잠시 후 시자승이 코를 씩씩거리며 큰스님을 찾아와 말했다.

"제가 혼을 내어 보냈습니다."

"그래 어떻게 혼내주었느뇨?"

"제가 큰스님께서 '묵언'으로 대화하라는 말씀을 했다고 전했더니, 대뜸 객승이 '네 눈은 하나'라며 손가락 하나를 내어 보이지 뭡니까. 그래서 '그래 너는 잘나서 네 눈은 두 개니라' 하고 손가락 두 개로 응수했더니 '네 눈, 내 눈 합이 셋이오'라며 손가락 세 개를 내보이기에 '너 한 대 맞을래?' 하고 주먹을 내보였더니 '자신이 졌다'며 가버렸습니다."

선가(禪家)에서 내려오는 일화 한 토막이다. 여기서 큰스님의 의도는 그만큼 밥값을 하는 수행자인가 가늠해 보자는 것이었다.

불경에 일수사견(一水四見)이라는 말이 나온다. 같은 대상이라도 보는 이에 따라 다르다는 것이다. 마치 같은 물을 놓고서도 천녀는 구슬로 보고, 악마는 피로 보며, 물고기는 집으로, 사람은 물로 본다는 것이다. 흔히 하는 말로 '아는 만큼, 자기 그릇만큼 보인다' 는 것이다.

'부처의 눈으로 보면 모두다 부처요, 돼지의 눈에는 돼지만 보인다' 는 무학 대사의 일화도 있듯, 살아가면서 부딪히는 만사가 모두 자신의 처지와 보는 안목에 따라 천당도 될 수 있고 지옥도 될 수 있다. 나의 살림살이는 객승의 안목인지, 시자승의 안목인지, 밥값은 제대로 하는지 점검해 볼 일이다.

부디 물을 물로 보는 안목이라도 갖춰야 할 텐데...

아름다운 회향(廻向)

입적하신 전 조계종 종정 서암 큰스님의 임종게는 퍽 감동적이다. 보통 큰스님들은 깨달음을 얻을 때는 오도송을, 열반에 드실 때는 임종게를 남기는 게 관례처럼 되어 있다.

서암 큰스님께서 열반이 가까워오자 시자가 여쭈었다.

"스님께서 입적하시고 나서 사람들이 스님의 열반송을 물으면 어떻게 할까요?"

"나는 그런 거 없다."

"그래도 누가 물으면 뭐라고 답할까요?"

"달리 할 말이 없다. 정 누가 물으면 '그 노장 그렇게 살다가 그렇게 갔다'고 해라. 그게 내 열반송이다."

"계룡산 나한굴에서 나고 죽는 것이 없는 것을 깨달으셨다고 하셨는데, 오도송을 읊으셨습니까?"

"오도송인지 육도송인지 그런 거 없다."

과연 선지식(善知識)다운 모습이다. '개구일착(開口一錯)'이라! '이미 입을 열면 그릇된다' 했거늘, 그 심오한 깨달음과 열반의 세계를 어찌 한 마디의 말과 글로 표현할 수 있겠는가. 입을 열어 표현하는 그 자체가 이미 진리로부터 멀어진 상태라는 것이다. 과연 일평생을 철저한 무소유와 수행으로 일관하신 큰스님다운 모습이요, 말씀이라 할 것이다.

'무릇 여래자(如來者)는 무소종래 역무소거(無所從來 亦無所去)'라 했다. '여래는 온 바도 없고 가는 바도 없다'는 뜻이다. 이 말씀 속에는 생사와 애증에 걸림이 없는 무애자재한 해탈의 경지가 다 들어 있다.

우리의 삶도 그래야 한다. 그렇게 살고, 그렇게 사랑하고, 그저 그뿐. 현재에 최선을 다하는 삶, 군더더기 없는 깨끗한 삶, 거기에 무슨 이유가 있을 수 없다. 그러나 중생들은 자신의 삶에 대해 일일이 변명하고 이유가 많다. 거기에는 거짓과 음모, 애증이 서려 있다. 또 무서운 집착이 숨어 있다. 집착하면 괴로움이 생긴다. 마음 속에 애착이 있으면 차별심이 생기고, 그로 인해 번뇌가 따르게 된다. 그러나, '그렇게 살고, 그렇게 갈 수 있는 삶'에는 그저 그 뿐인, 깨끗한 삶이 존재할 따름이다.

매순간 깨어 있는 삶이라면 만나는 인연마다 소중하고 일상의 하나하나가 감사해야 할 대상으로 다가온다. 거기에는 아쉬움이나 미련 따위는 없다. 그래서 서암 선사의 임종게는 역대 어느 조사, 어느 선사에게서도 보지 못한 아름다운 회향법문(廻向法門)으로 기억된다.

모란꽃은 어느 봄날 우리 곁에 활짝 피었다가 봄날이 가는 어느 순간에 한꺼번에 떨어진다. 그 뒷모습이 너무나 깨끗하다. 그래서 시인 영랑은 '모란이 지고 말면 그 뿐! 내 한 해는 다 가고 말아 삼백 예순 날을 하냥 섭섭해 우옵네다' 라고 노래한 것이리라.

우리의 삶도 모란꽃처럼 기쁨으로 이 세상에 왔다가 짧은 봄날처럼 홀연히 떠나간다. 우리 중 얼마나 많은 사람들이 그와 같이 군더더기 없이 살다가 '이렇게 살다가 이렇게 가노라' 한마디 남기고 갈 수 있을까.

나도 그렇게 아름다운 회향을 하고 싶다. 비록 지나친 욕심이라 할지라도…

　'국화 옆에서'로 유명한 미당 서정주 선생은 젊은 시절 짝사랑한 여인이 있었다고 한다. 그런데 그 여인은 미당 선생을 버리고 다른 사람에게로 가고 말았다. 미당 선생의 상심이야 이루 말로 다 형용할 수 없었다. 미당 선생에게 그 여인은 당시 삶의 모든 것이었기 때문이다.

　훗날, 미당 선생의 부인이 된 인연은 선생의 선친께서 직접 선을 보고 오셔서 맺어 주신 분이다. 그러다 보니 선생은 원래 짝사랑했던 상선(上善)보다는 아버님께서 점지해 주신 차선(次善)을 택할 수밖에 없었던 것이다.

　그런데 세월이 흐르고 난 뒤, 선생을 버리고 갔던 그 여인은 그 후로도 남자를 둘씩이나 바꾸었다가 공산당을 따라 월북했다는 후문이었다. 그 사실을 알고 난 선생은 만약에 그 여인과 맺어졌더라면 아마 자신의 운명도 그와 같이 됐을 거라는 생각에 퍽이나 다행스럽게 여겼다고 한다. 어떤 일이건 꼭 그것만 고집하지 말고 '이것과 저것'을 동시에 살펴야 한다는 사실도 새삼 깨닫게 되었다.

우리는 살아가면서 어떠한 일에 부딪힐 때마다 고민하고 좌절을 거듭한다. 이것만 보면 오직 이것만 생각할 뿐 저것과 그것도 있다는 사실을 간과하기 쉽다. 어디에도 꼭 '이것만'이라는 최상선(最上善)은 없다. 이 세상에는 이것과 저것, 그리고 그것이 있다.

우리나라가 IMF체제로 들어섰을 때, 국내 대그룹의 부회장까지 지낸 한 인사가 회사의 부도로 실직자가 된 후 호텔의 웨이터로 취직해 세간의 화제가 된 적이 있다. 이럴 경우, '대그룹 부회장까지 지낸 내가 어찌 하찮은 웨이터가 될 수 있단 말인가? 체면이 있지. 굶어 죽더라도 그것만큼은 못하겠다'고 생각하는 것이 보편적인 현상일 것이다. 하지만 그 분은 과감히 '이것뿐이다'라는 생각을 떨쳐버렸다. '그것일 수도, 혹은 저것일 수도 있다'고 생각하며 웨이터 직에 투신함으로써 오히려 더욱 사랑과 존경을 받는 스타가 되었던 것이다.

〈금강경〉에는 '응무소주 이생기심(應無所住 而生其心)'이라는 말씀이 나온다. '마땅히 그 마음을 쓰되 한 곳에 집착하는 바 없이 쓰라'는 말씀이다. '과거에 내가 누구였는데…'라는 생각에만 매어 있으면 올바른 현실인식도 하지 못한 채 파멸의 구덩이만 커갈 뿐이다.

옛 고인의 말씀에도 '산이 다하고 물이 다한 곳에 길이 끊어진 줄 알았더니 별유동천이 있더라’고 했듯이 ‘이것 아니면 안 된다’는 극단적인 생각을 버릴 때 저것과 그것의 또 다른 세계가 삶의 보람과 성공을 가져다 준다는 사실을 깨달아야 한다.

요즈음 우리 젊은 세대들은 너무도 쉽게 생각하고 쉽게 포기하며 인생을 멀리 보지 못하고 단편적인 현실의 ‘이것’만이 전부인 양하는 경향이 팽배하고 있다. 이러한 조급증과 편협한 처신들은 우리 사회 곳곳에서 많은 부작용으로 나타나고 있다. 이와 같은 조급주의와 한쪽으로만 치우친 극단적 생각들을 하루 빨리 버려야겠다.

좀 더 느긋하고 멀리 보는 안목으로, ‘마땅히 그 마음을 쓰되, 한쪽에 머무르는 바 없이’ 인연 따라 적극적으로 대처해 나간다면 실패 없는 인생을 살아갈 수 있는 기회가 주어짐을 명심해야 한다. 우리의 삶에는 ‘이것만이 아니라 저것과 그것도 있다’는 명답이 들어 있다.

지음(知音)

　　중국 춘추시대 거문고의 달인 백아(伯牙)에게는 그의 소리를 누구보다 잘 감상해 주는 친구 종자기(鍾子期)가 있었다. 하루는 백아가 거문고를 타며 높은 산을 오르는 생각을 하자 종자기가 말했다. "훌륭해! 높이가 마치 태산 같군!" 또 흐르는 물을 생각하며 거문고를 연주하자 "훌륭해! 넘칠 듯 흘러가는 것이 황하 같군!" 하며 그의 마음을 속속들이 읽어냈다. 그렇듯 마음이 통하는 친구 종자기가 먼저 병으로 죽자 백아는 절망한 나머지 거문고의 줄을 끊고 다시는 연주하지 않았다고 한다. '지음(知音)'이란 바로 여기에서 유래된 지기(知己)를 가리키는 고사다.

　　남자는 자기를 알아주는 사람을 위해 목숨을 바친다고 했다. 한평생 살아가면서 진정 자기를 알아주는 한 사람을 갖는다는 것은 그만큼 어렵다는 것이며, 내가 남을 알아주는 것 또한 쉽지 않은 일이다.

　　인도의 유명한 타지마할은 무굴제국의 샤자한 황제가 자신의 두 번째 아내 무무타즈마할을 위해 그녀가 죽은 후 무려 22년 동안 매일 2만여 명을 동원해 이룩한 불가사의한 무덤이다.

　　작은 키에 첫째와 셋째 왕비에 비해 그리 수려한 외모를 지니지도 못했던 무무타즈마할을 위해 샤자한 황제는 어찌하여 그토록 국력을 낭비해 가면서 화려한 무덤을 만들었을까. 그것은 무무타즈마할이 샤자한 황제의 의중을 자신의 마음처럼 읽어 입 속의 혀처럼 편안하게 그를 보좌했기 때문으로 알려졌다. 한 사람의 지음은 이처럼 '불가사의'를 창출해 내는 힘을 발휘하게 된다.

　　선가(禪家)에는 '줄탁동시(啐啄同時)'라는 화두가 나온다. 병아리가 부화할 때 건강한 수정란이 때가 되어 밖으로 나가려고 안쪽에서 부리로 신호를 보내는 것을 '줄'이라 한다. 그리고, 어미 닭이 그 소리를 듣고 밖에서 쪼아 주는 것을 '탁'이라 하는데 이것이 동시에 일치됐을 때 한 마리의 소중한 생명체가 탄생하는 것이다. 그러나 건강한 수정란이라야 어미 닭이 품어주지, 부화하지 못할 것 같은 무정란은 어미 닭이 결코 품어 주지 않는다고 한다.

부자지간, 사제지간, 부부지간, 상하 관계도 마찬가지다. 우선 서로가 건강해야 품어줄 수 있는 자격을 갖춘다. 그리고 상대방의 마음을 읽고 시기적으로 적절한 조화를 이뤄야만 목표하는 바를 이룰 수 있는 것이다.

작게는 가정에서부터 군대, 사회, 국가라는 조직 속에서 우리 모두 서로에게 지음이 될 수 있어야겠다. 그렇게 될 때 줄탁동시라는 행복한 시절 인연이 그대 앞에 다가설 것이다.

걸인지상 군왕지상 (乞人之像 君王之像)

경남 남해에 보리암이라는 유명한 암자가 있다. 동해 낙산사 홍련암, 서해 강화 보문사와 더불어 우리나라 3대 관음도량이라 일컬어진다. 빼어난 경관과 수려한 산세에 관음보살의 진신이 상주하는 도량이라 전국 불자들의 발길이 끊이지 않는 곳이다.

조선 개국조 태조 이성계도 이 곳에 와서 백일 기도를 하고 원력을 성취했다고 한다. 전주 이씨 문중에서는 지금도 기도터에 비각을 지어 놓고 1년에 한 번씩 제사를 모시는데, 다음과 같은 이야기가 전해오고 있다.

이성계가 건국의 큰 뜻을 품고 전국을 누비며 기도하던 때 발길이 보리암에 이르렀는데, 절 입구에서 파자(破字) 점(占)을 치는 한 노파를 만나게 되었다. 파자점이란 연통 속에 여러 글씨를 넣어놓고 대상자가 그 중

하나를 뽑으면 그 뽑혀진 글씨를 가지고 점괘를 풀이해 주는 것이다. 이성계는 점을 쳐보기로 하고 글씨를 하나 뽑았다. 그 글씨는 '물을 문(問)' 자였다.

노파가 해석하기를 '좌문우문(左門右門)하니 걸인지상(乞人之像)'이라. 가운데 입(口)을 가지고 '왼쪽을 봐도 문이요, 오른쪽을 봐도 문이니, 밥 빌어먹을 거지 팔자'라고 풀이를 하였다.

이성계는 아무 말 없이 보리암에 들어가서 백 일 동안 구세원력(救世願力)의 기도를 잘 마쳤다. 하산하는 길에 또 그 노파를 만나게 되었는데, 이번에는 어떨까 하는 마음으로 다시 점을 쳐보기로 했다. 글씨를 하나 뽑았는데 우연히도 똑같은 글씨가 나오게 되었다.

그런데 이번에는 그 점괘의 풀이가 180도 다르게 해석되었다. 비록 똑같은 글이나 이번에는 '좌군우군(左君右君)하니 군왕지상(君王之像)'이라고 나왔던 것이다. 가운데 입 구(口)자를 왼쪽에 붙여도 임금 군(君) 자요, 오른쪽에 붙여도 임금 군(君) 자이니, 군왕의 팔자라는 것이었다.

이성계는 마음 속으로 '내가 뜻을 이루면 가장 값진 보물인 비단으로 이 산을 모두 감싸 은혜에 보답하겠다'고 다짐하였다. 그런데 후일 조선을 개국하고 나서 그 약속을 지키려 하니 그 많은 비단을 구할 수도 없을 뿐더러 비록 비단을 구해 산을 다 덮어준다 해도 세월이 가면 비단은 다 썩어 없어질 것이라 아예 산 이름을 '비단 금(錦)'자를 넣어서 금산(錦山)이라 명명하였다고 한다.

여기서 주목할 대목은 두 가지이다.

첫째, 노파도 글씨도 이성계도 똑같은데 어째서 백 일 전의 점괘와 백 일 후의 점괘가 다르냐는 것이다. 그것은, 백 일간의 마음 수양과 기도를 통해 이성계가 걸인의 모습을 군왕의 모습으로 바꾸는 원력을 성취했다는 것이다.

둘째, 걸인지상도 군왕지상도 결국은 누구에 의해서가 아니라 내가 만들어 간다는 것이다. 걸인의 모습을 군왕의 모습으로 바꾸는 것도 다름아닌 번뇌에 찌든 마음을 맑고 향기로운 마음으로 바꾼 수행의 힘이며, 자신의 굳은 의지와 믿음이 있으면 부처님의 가피를 불러들인다는 점이다.

이런 이유로 우리 선조들은 나라가 어지러울 때 나라의 안위를 빌며 절을 지었고, 겨레의 밝은 미래를 위해 절 이름도 흥국사, 불국사, 호국사, 봉국사, 봉은사 등으로 작명했다.

하지만 본시 불교는 이러한 겉모습의 법당보다는 온 우주를 법당으로 삼고 우리 삶의 자리를 바로 수행의 터전으로 삼는다. '보리(菩提)'란 깨달음을 뜻하는 말이다. 그러므로 보리암은 이러한 깨달음을 얻게 해주는 터전이라는 말이다.

불교에서는 우리가 사는 세상을 오탁세(五濁世)라고 한다. ①겁탁(劫濁); 불확실성이 지배하는 시대 ②견탁(見濁); 서로의 견해가 흐린 시대 ③명탁(命濁); 생명경시 사상이 만연하는 시대 ④번뇌탁(煩惱濁); 온갖 걱정근심이 난무하는 시대 ⑤중생탁(衆生濁); 인간성 상실의 시대

이러한 오탁의 흐린 생각들은 우리들의 모습을 걸인지상의 모습으로 만들어 갈 뿐이다. 그러나 밝은 웃음과 청정하고 자비로운 마음은 바로 군왕지상을 지향한다.

사사불공(事事佛供)이면, 처처불상(處處佛像)이요.
염염(念念)이 보리심(菩提心)이면, 처처(處處)가 안락국(安樂國)이라.
일마다 불공하듯 하면, 그 곳에 부처가 있고,
생각이 깨어 있는 사람은 어느 곳에서나 즐겁다.

보리암은 남해 금산에만 있는 것이 아니다. 우리가 서 있는 이 곳이 바로 법당이요, 깨달음의 터전인 것이다. 걸인지상은 중생심(衆生心)이요, 군왕지상은 진여심(眞如心)이다.

그대는 지금 걸인지상인가, 군왕지상인가?

간각하(看脚下)하라. 바로 발밑을 살펴보라.

하동 쌍계사 칠불암에는, 유명한 아자(亞字) 선방(禪房)이 있다. 어느 날 새로 부임한 군수가 관내 시찰차 칠불암에 들러 암자에 둘러보던 중 발길이 아자방 앞에 머물렀다.

"이 방은 무슨 방입니까?"

지객스님 왈, "예. 이 곳은 지금 스님들이 한참 수행하고 있는 방입니다."

군수가 궁금해서 열어보고자 하였으나, 때가 마침 점심 직후 한참 오수(午睡)에 젖어 있을 시간이라 안내 스님은 극구 만류하였다. 그러나 군수는 끝내 방문을 열어보고야 말았다. 이게 웬일인가? 수행한다던 스님들이 한참 낮잠에 취해 있지 않은가? 관으로 돌아온 군수는 스님들을 혼내 줄 생각으로 칠불암 주지 앞으로 편지를 보내 '칠불에는 수행 도인이 많

으니 나무로 말을 깎아 타고 와보라' 고 하였다.

그런데 약속한 날 군수 앞에 나타난 건 스님이 아닌 어린 동자승이었다. 동자승은 스님들은 수행중이라 대신 왔노라며 군수의 질문에 막힘없이 대답을 했다.

"수행한다던 스님들이 고개를 하늘로 쳐들고 졸고 있는 이유는 뭐냐?"

"예, 무릇 수행자는 상통천문(上通天文)하고 하달지리(下達地理)해야 한 즉, 하늘의 무량한 별들을 관하는 공부로 앙천성숙관(仰天星宿觀)이라 합니다."

"그럼 고개를 떨어뜨리고 졸고 있는 이유는?"

"그것은 지하망령관(地下亡靈觀)이라, 지옥 중생을 어떻게 제도할까 살피는 공부입지요."

"그럼 고개를 양 옆으로 흔들며 졸고 있는 것은?"

"예. 그것은 춘풍양류관(春風楊柳觀)이라, 무릇 수행자는 생사유무(生死有無)에 걸리지 않아야 되는 바, 봄바람에 휘날리는 버들잎처럼 이쪽

저쪽에도 걸리지 않는 공부입니다."

"그렇다면 방귀를 뀌면서 졸고 있는 것은?"

"예, 그것은 타파칠통관(打破漆桶觀)이라, 사또와 같이 앞뒤가 꽉 막힌 어리석은 중생을 깨우쳐주는 공부입지요."

말을 마친 동자승은 목마 위에 올라타고 동헌을 세 바퀴 돈 뒤 칠불암 쪽으로 사라졌다.

그 날 이후 군수는 자신의 잘못된 마음을 참회하고, 칠불암 스님들의 수행 환경을 잘 외호하였다고 한다.

칠불암 동자승의 위트 어린 명답에 선기(禪氣)가 번득이듯, 수행자의 행(行), 주(住), 좌(座), 와(臥)는 모두가 본분사를 벗어나지 않는다. 가끔 법회 때, 졸고 있는 병사들을 보면, '부디 졸더라도 정신만큼은 본분사에 충실해야 할 텐데' 라는 생각이 든다. 나의 지나친 기우일까? 우리는 언제 어떤 자리에서 무슨 일을 하든지 자신의 본분사를 망각해서는 안 된다.

소가 통나무 다리를 건너듯

십여 년 전 설악산 오세암에서 하룻밤 묵게 되었다. 기도객들이 워낙 많아서 일반 신도들은 단체로 열댓 명씩 방을 배정 받았는데, 나는 주지스님의 특별 배려로 철야 기도하는 스님의 조그만 승방 한 곳에서 칠순이 다 되신 노스님 한 분과 함께 하룻밤을 묵게 되었다.

이튿날 아침, 헤어지면서 노스님은 나에게 그 분의 은사이신 당대의 선지식 청화(清華) 큰스님께서 내려주신 계훈(誡訓)이라며 '입중오계(入衆五戒)'를 일러 주셨다.

그 첫째는 '하심(下心)'이니 언제나 마음을 낮추고 자신을 비울 것이며, 두 번째는 '공경(恭敬)'이니 모든 사람을 부처님처럼 공경할 것이요, 세 번째는 '자비(慈悲)'이니 마음 속에 늘 만물에 대한 사랑의 마음을 가질 것이며, 네 번째는 '지차제(知次第)'이니 세상사 모든 일에 늘 질서를 지켜 분수에 어긋나지 말 것이요, 다섯 번째는 '불설여사(不說如事)'이니 공연히 쓸데없는 말로 구설수에 오르거나 허송세월하지 말라는 말씀이었다.

이 다섯 가지는 대중생활의 지표이니, 이 가르침을 젊은 군인들에게 널리 유포해 주기를 간절히 당부하시며 총총히 봉정암 쪽으로 걸음을 재촉하셨다. 아버지뻘 되는 노스님께서 자식뻘 되는 나에게 깍듯한 공대로 대하시는 태도에는 인자함과 겸손함이 절로 우러나왔고, 자비로운 노스님의 법력과 인격에 나는 감읍하였다.

옛적 송나라에 왕안석이란 뛰어난 재상이 있었다. 그는 천재로서 문장이 뛰어나고 또 기개가 강하여 자기의 눈에 차는 사람이 없었다. 일찍이 벼슬길에 올라 비상한 재주와 수단으로 여러 사람을 앞질러 30여 세에 높은 벼슬을 하였고, 40세에 정승 지위에 올랐다.

바야흐로 때를 만났다고 생각한 그는 자신이 생각하고 계획한 여러 가지 혁신정책을 내세우며 그대로 밀어붙이려 하다가 여러 대신들의 반발과 미움을 사서 조정에서 밀려나게 되었다. 이어 변두리 지방의 장관으로 갔는데 그 곳은 귀양살이나 다름없었다.

귀양지에서 한가하게 뜰을 거닐던 그는 오래 전 어느 날 '세상 살아가기를 소가 통나무 다리 건너듯 하라' 하시던 선사의 말씀을 떠올리며 그 깊은 뜻을 이해하게 되었다.

'소가 통나무 다리 건너듯 하라'는 말씀은 다름 아닌 '소 우(牛)' 자 아래 '한 일(一)' 자를 한 것이 '날 생(生)' 자이듯, 사람이 한 세상 살아간다는 것은 그 육중한 소가 통나무 다리를 건너듯 조심조심해도 자칫하면 개울가에 떨어져 크게 다치거나 죽거나 하는 것이 아니던가.

'내가 50이 다 된 오늘에야 비로소 생자(生字)의 뜻을 알았구나. 내가 글을 아무리 많이 알고 외운다 해도 한 글자의 뜻도 제대로 몰랐구나!' 하면서 깊이 뉘우치고 참된 수양을 닦아 군자다운 인격을 성취했다고 한다.

그렇다. 아무리 나이를 더하고 학문이 깊어도 글자 한 자라도 그 의미를 깨닫고 실천하기란 이처럼 어려운 일이다. 사람은 누구나 조그마한 지위나 부, 권력을 갖게 되면 쉽게 자만해지고 독선적으로 흐르기 쉽다.

그래서 원효스님은 '무릇 관익대자는 심익소(官益大者 心益小)하고 도익고자는 의익비(道益高者 意益卑)할지니라.' 즉, 벼슬이 높을수록 그 마음을 적게 하고, 도가 높을수록 그 뜻을 낮추라고 말씀하셨다.

하심(下心)하는 사람은 자연히 그 마음과 몸에 공경심이 넘친다. 자연히 순리에 맞게 살 것이며(知次第), 더더욱 쓸데없는 말로서 허송세월(不說如事)하지 않을 것이니, 어찌 그 삶이 윤택하지 않겠는가.

범유하심자 만복 자귀의(凡有下心者 萬福 自歸依)하나니 '한 세상 살아가되 소가 통나무 걸어가듯' 살 일이다.

해우소(解憂所)란, 불교에서 '근심을 푸는 곳'이라는 뜻의 화장실을 말하는 용어이다.

향토사단에 근무할 때이다. 그 곳에는 큰 범종이 있어 나는 매일 조석 예불 시 범종을 타종했다. 타종을 하는 시간은 보통 15분 정도가 소요된다.

그 날도 어김없이 기상시간을 맞춰 타종을 하는데 두 번 정도 타종했을까. 그 때부터 뱃속이 요란하더니 갑자기 뒷일이 급해지기 시작했다. 점잖게 게송을 읊으며 타종하던 평소 때와는 달리 용무가 급해진 나는 아무 생각도 할 수 없이 신경은 오직 그쪽으로만 쏠렸다. 도중에 그만 둘 수도 없는 터라 할 수 없이 빠른 타종으로 5분만에 끝내버렸다. 안간힘을 다해 참아내면서 발꿈치를 들고 살금살금 해우소를 향하는데 지척이 만리라! 겨우 당도해서 마침내 볼 일을 볼 수 있었다. 그때의 그 시원함과 상쾌함이란…. 급한 순간을 넘기고 앞을 바라보던 나는 순간 뒷머리를 크게 얻어맞은 듯 순간의 깨달음에 강렬한 전율을 느끼게 되었다.

그것은 불자들이 평소 화장실에서 용무를 보며 읊는 '입측오주(入厠五呪)'였다.

'버리고 또 버리니 큰 기쁨 있네. 탐진치 삼독도 이같이 버려 한순간의 죄악도 없게 하리라. 옴 하로다야 사바하.'

'비우고 맑힘은 최상의 행복, 꿈같은 세상을 바로 보는 길. 원하옵나니 사랑하는 나의 이웃들 청정한 저 국토에 어서 가소서. 옴 하나 마리제 사바하.'

평소에는 습관처럼 요식적으로 읊던 그 주문이 그 날엔 가슴 뭉클하며 나의 뒷머리를 치고 다가왔던 것이다. 그렇다. 우리는 평소 많은 것을 얻고, 갖고, 먹고 싶어 한다. 그러나 해우소에서는 아무리 비싸고 맛있는 음식이라도 먹고 난 후에는 반드시 배설해야만 속이 편하고 개운하다. 이처럼 마음 가운데 못된 생각, 어두운 생각도 확 버려야 한다.

마찬가지로, 한 때의 아름다움, 권력, 명예, 젊음도 결국은 버리고 떠나가게 된다. 버리고 떠나간 것에 대한 집착보다는 비우고 맑힘이 얼마나 큰 행복인가? 해우소에서는 아무리 지엄한 권력의 황제도, 별을 단 장군도, 대재벌의 회장님도, 절세의 미인도 홀로이다. 다른 모든 것은 비서가 챙겨줄 수 있지만 이 일만큼은 그 누구도 해결해 줄 수 없는 오직 자기 자신만이 해결해야 할 '자신의 문제'이다.

불교 최고의 이상인 성불이니 해탈이니 하는 것도 자신의 노력에 의해서만 성취할 수 있다. 스스로 깨우쳐 이루지 않으면 그것을 대신해 이룰 수 있는 존재란 없다는 것이다. 옛 성인(聖人)의 말씀에 '도(道)가 사람을 멀리 하는 것이 아니라 단지 사람이 도를 멀리 한다'고 하지 않았던가.

그 날, 평소와 다른 타종 소리에 아침운동을 하며 종소리를 듣던 당시 사단장님의 부관으로부터 "오늘 법사님 기분이 안 좋으셨습니까?"라는 전화를 뒤늦게 받았다. 웃으면서 해명을 했지만 그때 그 일은, 진리란 결코 멀리 있는 것이 아니라 미처 인식하지 못했던 평범한 일상 속에 있음을 깨우쳐 준 경험이었다.

이후 나는 매일 용무를 볼 때마다 근심을 푸는 그 곳에서 진언(眞言)을 외운다.

더러움 씻어내듯 번뇌도 씻자.
이 마음 맑아지니 평화로움뿐.
한 티끌 더러움도 없는 저 세상
이생을 살아가는 한 가지 소원.
옴 시리에 바혜 사바하.

살아계신 부처님

부처님께서 또 오셨다. 일 년에 한 번만 오시는 부처님! 너무 바쁘셔서 우리는 만나볼 수도 없는 부처님! 그래도 해마다 사월 초파일이면 어김없이 우리 곁에 오시기에 우리는 부처님께서 이 사바세계에 오셨다는 것만으로도 커다란 위안을 삼는다. 거리엔 온통 부처님 오심을 축복하는 등불이 오색물결을 이루는데 정작 부처님은 오셔서 어디에 계시는 걸까.

언젠가 신심 깊은 한 청년 불자가 큰스님을 찾아와서 부처님 한 번 만나게 해달라고 졸라댔다. 올해는 도대체 어떤 모습으로 오셨느냐고 성화였다. 그 성화가 얼마나 대단하던지 큰스님께서는 "저고리를 뒤집어 입고, 고무신을 거꾸로 신으신 모습으로 오셨다"고 대답해 주었다.

그 날부터 이 청년은 부처님을 만나 뵙기 위해 저고리를 뒤집어 입고 고무신을 거꾸로 신은 분을 찾아서 전국 방방곡곡을 누비고 헤매었다. 그

살아계신 부처님

러나 사람 많은 동대문시장에도, 명동 거리에도, 시골 장터에도 아무리 찾아봐도 만나볼 수가 없었다.

그렇게 산하를 누비기를 3년, 이제 몸은 지치고 마음도 자꾸만 허탈해져 그는 끝내 포기하고 말았다. 이제 부처고 뭐고 다 필요 없어진 청년은 지친 몸 편안히 뉠 집과 어머니께서 지어주신 따뜻한 밥 한 그릇이 그리워졌다.

그 시각 청년의 어머니는 부처님을 만나러 간다고 집 나간 뒤 아무 소식 없는 자식을 위해 매일 정한수 떠놓고 지극 정성으로 자식이 아무 사고 없이 돌아오기만을 두 손 모아 기도하고 또 기도하고 계셨다.

지친 몸을 이끌고 집으로 돌아온 청년이 대문을 들어서며 가장 먼저 낸 소리는 바로 '어머니!'였다. 밤잠을 못이루며 오직 아들만을 그리던 어머니는 그 목소리에 너무도 놀라셨다. '이게 꿈인가 생시인가 아들의 목소리가 아닌가?' 잡히는 대로 옷을 입다 보니 저고리는 뒤집어지고 급한 김에 섬돌 밑에 놓인 고무신도 거꾸로 신고 달려나온 어머니,

"오메! 내 아들이 살아왔구나!" 외치며 급하게 뛰어나오셨다. 그 모습을 보는 순간 청년의 두 눈이 번쩍 띄었다.

"아이쿠! 내가 그토록 찾아 헤매던 부처님이 바로 여기 계셨네! 그렇게도 그리워하던 부처님! 살아계신 부처님을 집 안에 모셔두고 밖으로만 찾아 헤매었구나!"

허송세월한 자신을 발견한 그 순간, 어머니의 모습으로 오신 부처님을 만나게 된 것이다.

이웃나라 일본 땅에 〈오체불만족〉의 저자 오토다케 히로타다라는 청년부처는 선천성 사지절단의 중증장애를 극복하고 반려자를 만나 결혼하면서 다음과 같이 말했다.

"이상형은 아무리 찾으려 해도 눈에 띄지 않는다. 서로 배려하며 생활하다 문득 뒤돌아보면 곁에 있는 사람이 바로 이상형이며 우리가 만들어 나가는 것이다."

그렇다. 부처님은 본래 오시거나 가신 바가 없다. 늘 우리와 함께 하고 함께 계시건만 우리가 스스로의 어리석음으로 눈을 가린 탓에 부처님을 옆에 두고서도 보지 못하는 것이다. 그러하기에 허망한 욕심과 쓸데없는 망상을 버리고 보면 지금 내가 만나는 모든 인연 속에서 천백억 화신으로 나타나신 부처님을 볼 수 있을 것이다.

그대여! 만나는 인연마다 깨어 있으라(念念菩提心)
부처의 땅이 거기 있나니(處處安樂國)
그리하면 매일매일이 부처님 오신 날이로다!(日日是好日)

‘연분홍 치마가 봄바람에 휘날리더라’로 시작되는 ‘봄날은 간다’의 노랫말은 너무도 애절하고 아름답다. 이 노래는 나에게는 늘 어머님 같던 고모님의 18번 곡이기도 했다.

서울의 한 사찰에서 노스님을 시봉하며 공양주 노릇을 하던 나는 법회 날이면 너무나 많은 신도의 공양을 감당할 수 없어 시골에 계시던 고모님께 도움을 요청했다. 고모님은 흔쾌히 승낙해 주셨다. 구수한 전라도 사투리에 워낙 유머가 풍부하고 음식 솜씨가 좋으셔서 60대 할머니인 고모님은 우리 절을 찾는 분들에게 매우 인기가 좋았다. 그래서 잠시만 있겠다고 올라오신 것이 15년 동안 ‘봄날은 간다’를 흥얼거리시며 공양주로 계시다 팔순이 넘어 기력이 떨어져 귀향하시더니 이내 세상을 떠나셨다.

고모님이 떠나시던 그 날 유언에 따라 화장한 유골을 고향산천에 뿌리고 돌아오던 차 안에서, 우연치고는 기막히게 '봄날은 간다'를 다시 듣게 됐다. 그때 나는 그 노랫말 속에서 다시 살아오시는 고모님을 느낄 수 있었다.

연분홍 치마는 봄바람에 휘날려야 제격이지 가을바람이나 겨울바람에는 어울리지 않는다. 그 어느 봄날 툇마루에 앉아 사립문을 바라보시는 고모님 눈가에는 금방이라도 연분홍 치마를 입혀 시집보낸 딸이 "엄마!" 하며 달려올 것 같다. 시집을 보냈으되 늘 가슴에 두고 눈가에서 떠나보내지 않는 마음이 어머님의 마음이듯, 이 요동치는 변화무쌍한 세상에서 늘 한결 같이 변하지 않는 마음이 곧 부처님 마음이리라.

'춘광무처불개화(春光無處不開花)라!' '봄빛은 피우지 않는 꽃이 없다'는 뜻이다.

봄바람은 살리는 바람이요, 어머님 마음도 부처님 마음도 그와 같이 만물을 살리는 마음이다. 우리는 저마다의 마음 속에 미움과 원망과 증오보다 언제나 만물을 살리는 마음으로 인연을 대해야 한다.

'오늘도 옷고름 씹어가며, 산제비 넘나드는 성황당 고개'에서 그 성황당은 옛 우리 조상들의 소원 접수처요, 마을 사람들을 하나로 모으는 소망의 해결처였다. 그 앞에서 꽃이 피면 같이 웃고 꽃이 지면 같이 울자는 알뜰한 맹세를 하지만 지켜지지 않은 채 봄날은 간다.

그렇다. 우리가 만나 동고동락을 약속하지만 그 약속이 허무하게 무너져 버리는 게 다반사 아니던가! 그것이 인생이요 삶의 모습이다.

그래도 봄날은 간다. 왜? 아무리 꿈을 주고 알뜰한 맹세로 약속하던 봄날이 좋아도 그 봄날이 가야만 무성한 여름과 풍성한 가을이 오기 때문이다. 그것이 진리요 순리다.

우리가 이러한 진리 앞에 눈 뜰 때, 삶이란 아름다움 그 자체로 내 앞에 펼쳐진다. 새파란 꽃잎이 물에 떠서 흘러가더라. '흘러가더라'는 '흘러갔다'는 과거도 아니요, '흘러갈 것'이라는 미래도 아니요, '흘러가고 있는' 현재의 모습이다. 삶이란 현재 속에서만 존재하는 것이다. 그 현재의 삶 속에서 흘러가는 우리의 인생을 제3자의 시각으로 바라보는 멋진 표현이 바로 '흘러가더라'이다. 거기에는 삶의 관조가 담겨 있다.

개나리 활짝 피고, 진달래 봄바람에 휘날리는 날이면 나는 그 속에서 빙긋이 웃고 계시는 고모님의 얼굴을 만난다. 그런 날 누가 찾아와서 '불법이 무엇입니까'라고 묻는다면 나는 이렇게 대답할 것이다.

'연분홍 치마가 봄바람에 휘날리더라!'

연리지목(連理枝木)

'재천원작비익조(在天願作比翼鳥) 재지원위연리지(在地願爲連理枝)'는 백낙천의 '장한가(長恨歌)'에 나오는 대목이다.

이 글은 당 현종과 양귀비가 칠월 칠석 날 밤 인적 없는 때에 장생전(長生殿)에서 주고받은 내용이다. 비익조는 남방에 살고 있는 전설적인 새를 말하는데, 암수가 함께 아니면 날지 않는다. 연리지는 두 나뭇가지가 붙어 한 나무가 되는데, 이는 남녀가 한 몸이 되는 것을 상징하는 것으로서 부부의 변함없는 사랑을 뜻한다.

그런데 이 전설적인 나무가 우리나라에도 있다는 것을 발견하게 된 것은 강원도 삼척시 근덕면 동막리에 자리잡고 있는 고즈넉한 한 산사에

서였다. 통일신라 진성여왕 3년(889), 범일국사에 의해 창건된 이 절은 ㄴ
자형 목조건물인 '설선당'과 ㅁ자형 홑처마 팔작지붕 양식의 '심검당'이
아름다운 고찰(古刹)이다.

이 절 대웅전 오른쪽엔 수령이 족히 200년을 넘었음직한 백일홍나
무 가운데에 곧게 뻗은 소나무가 백일홍과 완전히 한 몸통을 이루어 두
나무가 한 나무로, 한 나무가 두 나무로서 공생(共生)하며 사찰의 수호신처
럼 서 있다.

여자를 상징하는 듯한 백일홍은 남자를 상징하는 듯한 소나무를 온
몸으로 끌어안고 두 손으로 감싸안듯 떠받치고 있다. 소나무는 그 속에서
건강한 모습으로 올곧게 위로 치솟아 있는데 소나무 밑동이 커감에 따라
이를 감싸고 있는 백일홍나무의 밑동은 터질 듯 찢겨 나가고 있다.

나는 이 신비로운 나무를 보면서 두 나무가 주는 메시지가 뭘까 나름
대로 생각해 보았다. 아마도 필경 두 나무는 아득한 전생에 사람이었을
것이다. 두 남녀는 그 사랑이 너무도 애틋하여 이 산사의 부처님 전에 환
생하여, 나무일망정 한 몸을 이루어 비바람 눈보라에도 끄떡없이 변치 않
는 사랑의 위대함을 보여주고 있는 것은 아닐까?

사랑은 희생이요 인내며, 상대방에 대한 배려요 약속이라 했다. 그러
나 요즈음 우리 젊은 세대들의 사랑은 어떠한가? 희생과 인내와 헌신이
라는 용어는 사전 속에서나 찾아볼 옛말처럼 되어버린 지 이미 오래다.
그러한 터에 이 두 나무는 존재 그 자체만으로도 무언의 설법을 보여주고
있는 것이다.

사랑은 다분히 입으로만 떠벌리는 공치사가 아니다. 이 세상의 행복은 그냥 주어지는 것이 아니라 밑동이 찢기는 아픔을 감내하며 헌신할 때 아름다움이라는 이름으로 그 오랜 세월을 저렇듯 함께 할 수 있는 것이라고….

둘의 하나 됨은 언제 보아도 아름답다. 그리고 단단하다. 그 무엇도 감히 침범치 못할 위엄이 있다. 그러하기에 감히 나는 이름도 설명도 없는 이 나무를 우리나라의 연리지목(連理枝木)이라 칭하고 싶은 것이다.

옛 사람의 말씀에 '이인동심(二人同心)은 기리단금(基利斷金)이요, 동심지언(同心之言)은 기취여란(基臭如蘭)'이라 했다. '두 사람의 마음을 합치면 그 예리함이 쇠라도 끊고, 마음을 함께 한 고운 말은 그 향취가 난초의 그것과 같다'는 뜻이다. 이 두 나무의 하나 됨이 이와 같을 것이다. 사랑과 약속을 귀하게 여기는 사람들에게 숙연한 마음으로 연리지목이 주는 생생한 설법 앞에 서보라고 권하고 싶다.

올 여름엔 마당 앞에 조그만 텃밭을 가꾸어 자연이 주는 무량한 혜택을 누렸다. 상추는 태풍 때문에 별 재미를 못 봤지만, 풋고추와 피망, 치커리, 방울토마토는 실컷 따 먹었다. 몇 평 안 되는 조그만 땅에 자연은 말없이 많은 걸 베풀어 주었다. 계절을 거스르지 않는 자연은 처서가 지나자 그렇게 많이 내놓던 열매들을 더 이상 내놓지 않고, 내년을 기약하며 올해는 여기까지만! 하듯 스스로 자신의 모습을 거둬들이는 모습이다.

'눈을 뜨고 바라보면 어디서나 부처님 모습, 귀를 열고 들어 보면 어느 때나 부처님 음성' 이라는 말처럼 비로자나 법신의 무언의 설법에 그저 3배를 올릴 따름이다.

이제 머잖아 곧 다가올 가을바람이 한편으론 두렵기도 하다. 또다시 옆구리를 스쳐가는 외로움에 얼마나 가슴이 문드러져야 할까 라는 잡념 때문일 것이다.

　우리 법당에서 5분 거리에 그림 같은 전원주택에서 온갖 화초를 가꾸며 살아가는 60대 보살님 한 분이 계신다. 어느 날 지나는 길에 들러 집 안을 한번 둘러보고서 "보살님 참 좋으시겠습니다. 이렇게 좋은 집에 사시니..."하고 말씀드렸더니 보살님 말씀이, "좋으면 뭐합니까? 외로운데요. 같이 누릴 사람도 없고... 속 모르는 친구들은 놀러 와서 모두 다 그렇게 부러운듯 얘기하지만 혼자서 뭔 재미가 있나요?" 하시며 미소 지으셨다.

　아들, 딸이 있지만 모두 다 출가해서 어쩌다 한 번씩 올 뿐이고 보살님 혼자서 그 큰 집에서 소일하신다는 말씀이었다. 남편과 함께 살려고 했는데 전원주택이 거의 다 완성될 즈음 거사님께서 갑자기 병환으로 먼저 세상을 뜨셨다며 금세 눈물이 글썽거리신다. 그래서 세상은 좋은 것도 좋은 것이 아니요, 있어도 있음이 아니요. 없어도 없음이 아니라는 선어(禪語)가 가슴에 와 닿는다.

　모든 것에 걸림 없는 삶이라야 잘 사는 삶인데, 있고 없음을 모두 다 놓아버려도 또다시 걸리는 게 업장이라! 도대체 마음의 주소는 어디쯤에 두어야 만족하려는지.

　모쪼록 지금 이 순간, 누리고 나눔에 감사함이 좋은 삶이 아니겠는가?

관심과 끈

사막이 아름다운 것은 그 속 어딘가에 우물이 숨어 있기 때문이다. 인생이 아름다운 것은 마음 속 어딘가에 사랑이 있기 때문이다. 사랑이란 서로에게 길들여지는 것…

여우가 어린왕자에게 말합니다. "밀밭을 보라! 나는 빵을 좋아하지 않기에 아무 소용이 없다. 그러나 너와 길들여지면, 밀밭을 스치는 바람 소리에도 관심을 갖게 되고 사랑하게 된다. 그러나 그 길들여짐에는 책임이 동반됨을 잊지 말아야 한다. 부모, 친구, 연인, 선후배 사이 모두 길들여져 익숙해진 만큼 책임이 따라야 하는 것이다."

생텍쥐페리 〈어린 왕자〉 중에서

관심이란 하나의 끈이다. 인간(人間)이란 사람 사이라는 뜻이요, 그 사이를 잇고 있는 것은 보이지 않는 인연이라는 끈이 연결되어 만나고 헤어지며 삶을 영위한다. 때문에 그 관심은 삶을 지탱하는 든든한 힘이 되고 몸과 마음을 따뜻하게 해 주는 양약이 되기도 한다. 그러나 관심을 잘못 쓰면 서로를 구속하고 부담을 주는 독약이 될 수도 있다. 그래서 관심은 사랑이어야 하고, 진실이어야 하고, 배려이어야 하고 지키고 가꿔줌이어야 하고, 목마를 때 오아시스처럼 청량함이어야 한다.

그러한 마음으로 양약이 될 때 그 인연의 끈은 더 단단해지고, 영원히 놓지 않고 함께 하고픈 끈이 되는 것이다. 이런 관심은 무한한 에너지의 근원이 되기도 한다. 그 속에는 모든 것이 담겨 있다.

달마는 '관심일법 총섭제행(觀心一法 總攝諸行)'이라 했다. 관심(關心)은 관심(觀心)이 되고, 그 관심 속에는 모든 것이 다 섭수된다. 그 속에는 서로를 이어주고, 그리워하고, 지켜주고, 성장시켜 주는 무한한 에너지가 들어 있는 마음의 본성이 있다. 그러므로 사랑과 진실이 바탕이 된 관심은 우리의 삶을 엔도르핀이 넘치는 희망과 축복으로 이끈다.

그러나 무지와 욕심이 담긴 지나친 관심은 우리의 삶을 증오와 파멸로 몰아넣을 뿐이다. 그래서 나에 대한 그대의 관심, 그대에 대한 나의 관심은 사랑과 지혜가 바탕이 되어야 한다. 그렇게 되었을 때 관심은 우리를 살아 있게 하는 또 하나의 생명이요 양약으로 우리의 삶을 윤택하게 이끌어 줄 것이다.

그대, 만나는 인연들마다 사랑의 눈으로 관심(關心)을 갖고 지혜의 눈으로 관심(觀心)해 보라! 삶의 에너지가 충만해짐을 느끼게 될 것이다.

한 시대를 관통하는 노래는 그 시절의 꿈과 희망을 담고 있는 듯하다. 1970년대 새마을 운동이 한창일 때 우리 국민들의 새벽을 여는 소리는 '새벽종이 울렸네…'로 시작되는 새마을 노래였다. 새벽을 깨우며 청소차로부터 울려 나왔던 이 노래는 시간에 맞춰 관공서, 학교 등지에서 동시에 울려 퍼졌고, '우리도 한번 잘 살아보세'라는 노래와 함께 우리 국민들은 새마을을 만들기 위해 초가집도 없애고 마을길도 넓히며 푸른 동산을 알뜰살뜰 가꾸었다.

그 노래 덕분이었을까? 오늘날 우리는 선진국 대열의 문턱에서 그 노랫말처럼 잘 사는 복을 누리고 있고, 언제부터인가 새마을 노래는 슬그머니 자취를 감추었다.

또, 70년대 청운의 꿈을 안고 상경했던 한 대중가수가 있었다. 그가 처음 서울에 올라와 무명 시절을 극복하고 부른 노래는 '쨍하고 해뜰 날'이었다. '꿈을 안고 왔단다 내가 왔단다'로 시작되는 이 노래로 그는 하루 아침에 인기 스타의 반열에 오르게 되었다. 한참 인기를 누렸던 그는 어떤 이유에서인지 미국으로 건너갔고 그 후 모진 고생을 하며 사업을 하다 다시 고국에 돌아와 '지금은 혼자랍니다'라는 노래로 인기를 회복하게 되었는데, 그는 그 노랫말 가사처럼 수년 동안을 미국의 가족과 떨어져 혼자 지내야만 했다고 한다. 그러다가 다시 '차표 한 장'이란 노래가 히트하면서 그 노랫말처럼 상하행선을 부지런히 오르내리더니 요새는 '네 박자' 속에 인생을 음미하고 있다고 한다.

1980년대 초, 한 가요 평론가는 '우리나라 가수와 그가 부른 노래와의 상관관계 연구'라는 제목으로 석사논문을 제출하였는데, 그는 이 논문에서 우리나라 가수들이 이상하게도 그들이 부른 노랫말과 같이 자신의 운명이 전개되었다는 사실들을 규명하였다.

대체 노랫말에 무슨 은밀한 주문과도 같은 보이지 않는 힘이 서려 있을까?

불교의 유식설(唯識設)에는 제8 아뢰야식(阿賴耶識)이 나온다. 이 식(識)은 번역해서 종자식(種子識) 또는 함장식(含藏識)이라고도 하는데, 우리 인간이 살아가면서 짓는 모든 신구의(身口意) 삼업이 걸러져서 다 이 속에 내장되어 있다고 한다.

이 8식은 하나의 씨앗처럼 인간 내면 깊숙한 잠재의식 속에 남아서

윤회하는 다음 생을 결정짓는 작용을 하기도 하며, 현실에서는 우리의 행동과 삶을 이끌어 가는 근본적인 주인 역할을 하고 있다는 것이다.

즉, 우리가 평소 어떤 생각과 마음가짐을 가지고 평소 마음씨와 말씨를 어떻게 묻어놓았느냐에 따라 그 과보가 달라지며, 우리들의 운명 또한 달리 전개된다는 것이다. 그러한 고로 이 8식의 창고에 어떤 씨앗을 심었는지에 따라 우리들의 운명이 달리 전개된다는 것이다.

그렇다면, 우리가 평소 쓰는 말과 행동이 향기로울 때 그 열매 또한 향기롭다는 뜻이요, 맑고 사랑이 넘치는 말과 생각에는 맑고 사랑에 찬 사랑의 열매가 맺히며, 질투와 시기와 미움으로 가득 차면 그 결과 또한 그렇게 된다는 말이다. 하지만 요즈음 우리 주변을 돌아보면 남을 살리고 즐겁게 하는 향기로운 말보다는 거짓말과 이간질하는 말과 상대방을 험담하는 말들이 난무해 우리를 슬프게 한다.

오늘 만나는 인연들에게 험악한 욕설이나 비수가 서린 말로 아픔을 주지 않았는지 다시 한번 살펴볼 일이다. 모든 것은 마음이 근본이 되나니 마음 속에 착한 일을 생각하면 말과 행동 또한 그러하리라. 마치 형체를 따르는 그림자처럼, 우리가 쓰는 말 한마디가 곧 복이 되든 화가 되든 그것을 부르는 초청장이 되며, 마음은 그에 대한 신용장이 된다는 사실을 깨달아야 한다.

성 안내는 그 얼굴이 참다운 공양구요, 부드러운 말 한마디 또한 미묘한 향이려니….

초심불망(初心不忘)

친구! 참으로 오랜만에 불러보는 이름일세. 세월에 씻기어 무디고 무디어 버린 필력으로 그대를 다시 불러보네. '살아 있음' 이란 얼마나 고귀한 것인지 이 가을 찬바람을 타고 들려오는 친구의 소식에 문득 필을 들게 되는군.

생각나는가. 정말 사랑하는 이들을 뒤로 하고, 자네가 그토록 아끼고 사랑하던 모든 것들을 잠시 동안 접어두고 결심하지 않으면 안 되었던 그날의 입영전야 말일세. 마치 세상의 모든 고통과 번민을 자신이 몽땅 짊어진 것처럼 마냥 심각했던 친구에게 나는 진주 이야기를 들려주었었지.

천 년을 산다는 거북이도 한 개의 알을 낳을 때마다 그 생명에 대응할 만큼의 뜨거운 눈물을 토해 내고, 한 마리의 사자새끼가 백수의 왕으로 태어나는 이면에는 골반이 으깨어지는 산고의 진통을 감내해야 된다

는 사실을 잊지 마시게나.

　서둘지 말게나. 눈치 빠른 쥐새끼가 담벼락의 구멍에서 촐랑거리며 들락날락하다가는 고양이의 먹이가 되기 십상이라네. 부디 그 원대하고 굳건한 꿈을 가졌던 초심을 잊지 말게나.

　'난 가꾸기'를 유난히 좋아하신 선사가 계셨었지. 어느 날 외출을 하면서 제자에게 난을 잘 보살피라고 단단히 일러 놓으셨는데 그만 제자가 잘못하여 난초 화분을 깨뜨리고 말았다네. 겁에 질린 제자는 스님께서 돌

아오셔서 진노하실 생각에 안절부절 못했고, 저녁때가 되어 스님께서 돌아오시자 제자는 무릎을 꿇고 석고대죄하며 용서를 빌었지.

제자의 말을 듣고 난 선사는 오히려 그를 위로하며 이렇게 말씀하셨다네. "내가 난을 키운 것은 부처님께 공양을 올리고 주변 환경을 아름답게 장엄하기 위한 것이지 화를 내기 위한 것이 아닐세!"

지금 어려움을 겪고 있을 자네도 모쪼록 행원을 잘 가꾸어 하나의 결정체를 반드시 이루어 내리라 믿네. 그 때 친구와 난 보살의 삶으로 다시 회향될 수 있으리니.

친구! 지나고 보면 지난 시간들은 순간에 불과할 뿐일세. 앞으로 살아야 할 시간들은 지난 시간보다 더 무궁하고 소중한 것임을 명심하게나. 허비하는 삶이 아닌 생산과 나눔의 알뜰한 인생이기를 손 모아 빌면서 길지 않은 글을 그만 접고자 하네.

모쪼록 만나는 사람마다 원만하고, 이르는 곳마다 정토이길 재삼 기원하며 건강하시게나.

역경이 곧 행운이다

누구나 살아가면서 한 번쯤은 좌절과 고통, 실패의 쓴 맛을 경험하게 된다. 지금 이 시간에도 나름대로 마음 속에 큰 고통과 번민을 지니고 있는 사람이 많을 것이다. 실패는 누구에게나 쓰디쓴 맛이고, 쓴맛을 좋아하는 사람은 아무도 없다. 하지만 그것을 극복하지 못했을 때, 누구도 성공한 사람은 없다.

역경과 고난 앞에서 우리는 어떤 모습으로 서야 할까?

부처님 제자 가운데 바보 '판타카' 라는 사람이 있었다. 그는 매우 어리석어서 상당 기간을 부처님의 제자로 있으면서도 법구 한 구절을 제대로 외우지 못했다. 그래서 사람들은 그를 '바보 판타카' 라고 놀려댔다. 마음 속에서 동료들의 이런 놀림에 갈등하던 판타카는 어느 날 더 이상 불문에 있어봐야 소용이 없겠다는 생각이 들어 환속을 결심했다.

때마침 외출에서 돌아오시던 부처님께서 판타카가 떠나려 하는 것을 아시고 그를 불러 세워 특별한 가르침을 베푸셨다. 다른 일은 하지 말고 외출에서 돌아오는 비구들의 발을 닦아주라는 것이었다.

또한 비구들에게는 그 대가로 판타카를 위해서 '쓸고 닦아라' 라는 법문을 일러주도록 하셨다. 판타카는 부처님의 가르침대로 그 일을 묵묵히 해냈다. 물론 때로는 창피한 마음과 어리석은 자신에 대한 분노가 치밀어 올랐지만 그것을 참으며 열심히 수행했다.

그러던 어느 날, 판타카는 문득 깨달음을 얻게 되었다. 번뇌를 쓸고 죄업을 닦으면 본래의 진여자성이 환하게 빛나게 됨을 알게 되었던 것이다.

혹자는, 왜 입에 쓴 약을 먹고 아픈 주사를 맞아야 되느냐고 반문하는 사람도 있다. 이유는 분명하다. 인생에서 성공하기 위해서다. 요즈음 우리 젊은 세대들은 너무도 참을성이 없고 조급하다. 인생에서 성공하려면 기다림과 여유가 필요하다.

여름날 매미의 유충도 땅 속에서 7년간이나 따가운 여름의 햇살을 고대해야 하며, 매화 향기는 매서운 추위를 참아내고야 그 향기를 퍼뜨린다. 빛나는 인물들의 영화 뒤에는 숨겨진 땀과 눈물과 고통의 시간이 있었던 것이다.

일제하에서 기개를 드높였던 만해 스님은 '조선청년에게' 라는 글을 남기셨다.

'오늘의 조선 청년은 행운아이다. 바꾸어 말하면 조선 청년에게 행운을 주는 득의의 시대이다. 왜냐하면 조선 청년의 주위는 역경인 까닭이다. 역경을 깨뜨리고 아름다운 낙원을 자기 손으로 건설할 만한 기운을 만났다는 말이다. 편안한 시대에 나서 하염없이 살지 않고 다행히 유위의 시대에 나서 좋은 일을 제 손으로 많이 할 수 있다는 말이다. 아아. 좋은 일의 자료가 되는 역경에 싸여 있는 조선의 청년은 득의의 행운아이다….'

다음은 보석같은 삶의 지침을 담은 〈보왕삼매론〉에 있는 말씀이다.
'세상살이에 곤란함이 없기를 바라지 말라. 세상살이에 곤란함이 없으면 업신여기는 마음과 사치한 마음이 생겨나니, 근심과 곤란으로서 세상을 살아가라.
이와 같이, 막히는 데서 도리어 통하는 것이요, 행함을 구하는 것이 도리어 막히는 것이니, 어찌 저의 거스르는 것이 나를 순종함이 아니며 저가 방해하는 것이 나를 성취하게 함이 아니리요.'

인내하고 기다리는 자에게는 반드시 빛나는 성취가 있다.

본래무면목(本來無面目) 본래 면목이 없는데,

유두분면래(油頭粉面來) 얼굴에 분칠하고 머리에 기름 바르고 왔구나.

대면공상어(對面共相語) 서로 얼굴을 맞대고 대화를 나누나,

부시본래인(不是本來人) 이것이 본래 나의 모습은 아니로다.

유시불유유(有時不有有) 있을 때 있지 않은데 있다고 하고,

무시불무무(無時不無無) 없을 때 없지 않은데 없다고 한다.

유무구방하(有無具放下) 있고 없음을 모두 다 놓아버려도,

갱유시심마(更有是甚麼) 또다시 있으니 이것이 무엇인고?

본래 면목은 본래 나의 모습이다. 그러나 본래 나의 모습은 형상이 없다. 이 몸뚱이는 부정(父精) 모혈(母血)로써 이루어져 형상이 있지만, 부모미생전(父母未生前) 부모님의 태속에 들기 전 나의 모습은 형상이 없다.

그러나 없다 해서 없는 게 아니고 분명히 존재하며 이 몸뚱이를 부리고 있다. 그러면, 선사들의 차원 높은 법거량(法去量)이 아닌, 우리 중생들의 수준으로 눈높이를 낮춰 생각해 보자.

우리는 무슨 일을 해놓고, 바라는 바대로 이뤄지지 않을 경우 뵐 면목이 없다고 한다. 이때 면목이란 본래 자신이 갖고 있는 원래의 의도하는 바 마음이요, 양심이요, 순수한 자성 자리이다. 상대방을 향해 표현은 못하지만, 표현되고 있는 겉모습과는 다른 속마음이다.

그것이야말로 진실한 마음이다. 그래서 사람이 비록 실수를 하더라도 그 사람의 진실이 그렇지 않은 줄 알면, 모두 다 용서가 되고 오히려 격려해 준다. 반대로 겉모습은 그럴싸 하지만 속마음이 그렇지 않은 줄 알면, 그 사람은 무엇을 하든 신뢰받지 못한다. 또는 남이 내 진실을 몰라 줄 때 가슴을 두드리며 답답해한다.

본래 면목은 형상이 없는 고로 하루 아침에 보여줄 수 없다. 그것은 오랫동안 관계를 통해, 그 사람의 말과 행동을 통해 형상 없이 보여지고 인식될 뿐이다. 때문에 본래 면목은 평소 그 사람의 생각과 말과 행동을 통해 나타나고 쌓여진 삶의 자취요 전부인 것이다.

본래 진실하고 변함없는 마음이 확인되면, 그 사람이 없어도 언제나 함께 있는 것이요, 마음이 진실과 계합하지 못하면 같이 있어도 따로 있는 것이다. 본래 너그럽고 자비롭고 지혜로운 이 성품은 누구나 갖고 있다. 이것이 본래 면목이다.

그런데 어떤 이는 이를 끄집어내 한없이 쓰는가 하면, 어떤 이는 보지도 못하고 쓰지도 못하며 스스로 바보가 되어 산다. 그래서 우리의 생각 생각이 늘 깨어 있어야 하는 이유다.

본래 면목과 하나 된 사람은 일체에 걸림이 없는 당당한 자유인이 될 수 있다. 큰 지혜와 자비는 모든 것을 삼킨다. 그대의 면목은 어디 있는가? 말하고 가고 오는 그 곳을 살펴보라!

망모제문(그리움의 노래)

胎中十月之恩은 何以報也며

태중 10개월의 은혜를 어찌 갚을 수 있겠습니까

膝下三年之養은 未能忘矣로소이다

무릎 아래서의 3년의 양육은 능히 잊지 못하겠습니다

萬世上에 更加萬歲라도 子之心은 猶爲嫌焉이거니와

만세에 다시 만세를 더할지라도 자식의 마음은 싫어할 리 없겠습니다만

百年內 未滿百年하신 母之壽여 何其短也오

백 년인데 백 년도 못 채우신 어머님의 목숨은 어찌 그리 짧으십니까

簞瓢路上에 行乞一僧은 旣云已矣거니와

바리때로 행걸하는 승려는 어찌하겠습니까마는

橫釵閨中에 未婚小妹는 寧不哀哉아

비녀 지른 규중의 시집 못 간 누이는 어찌 애닯지 않겠습니까

망모제문(그리움의 노래)

上壇了하고 下壇罷하고 僧尋各房하시고
상단을 마치고 영단에 재를 파하고 스님들은 각기 제방으로 찾아갑니다만
前山疊하고 後山重한데 魂歸何處오
앞산도 첩첩하고 뒷산도 중첩한데, 혼은 어디로 가시나이까
嗚呼哀哉라!
오호 슬프도다

이 시는 조선시대 석가의 후신으로 추앙 받던 진묵일옥(震默一玉) 스님이 돌아가신 어머니의 49재를 지낸 다음 읊은 시로 어머니를 그리워하는 노래다.

스님은 이조 중종 때 대도인으로 신통에 얽힌 일화가 많다. 스님으로 효심이 지극했던 예는 많지만 특히 이 시에 나타난 애끊는 모자의 정은 심금을 울리고도 남음이 있는지라 억불치하에서도 유림들이 동문선에 써서 병풍을 만들어 방에 모셔두고 귀감을 삼았다.

효성이 지극했던 진묵대사는 전북 김제 만경면에 어머니의 친묘가 남아 있는데, 자식이 없어도 천 년 동안 제사를 모실 수 있는 명당터에 자리를 잡아 오늘날에도 수많은 사람의 발길이 끊이지 않고 묘를 돌보고 있다.

음력으로 7월 15일은 불가에서 '우란분절'이라 하여 돌아가신 선망 부모를 천도해 드리는 날이다. 나는 이 날이 오면 항상 이 시구를 장병들에게 들려주곤 한다. 충효가 백행의 근본이었던 우리의 이념체계가 요즘

은 점점 자취를 잃어가고 있는 안타까움 때문이다.

언젠가 읽은 신문 기사에 요즈음의 변화하는 세태를 반영하는 내용이 있어 여기 옮겨본다. 처음엔 '3번아 잘 있거라, 6번은 간다' 가 무슨 뜻인지 몰라 이해를 못하다가 다음의 설명을 듣고서야 무릎을 쳤다.

아버지가 농사를 지어 아들을 공부시키고 결혼시켰다. 어느 날 서울에 사는 아들네 집에 올라가 한 일주일 지내다 보니 자신의 존재가 별반 대접받는 자리에 있지 못함을 알게 된 것이다. 아들 집에서 가장 목소리 높고 유세가 있는 1번 자리는 며느리였다. 손녀가 2번, 아들은 3번이었다. 그리고 강아지가 4번, 파출부 5번 그리고 자기는 6번임을 안 것이다.

그래서 다시 시골에 내려가서 살리라 마음 먹고 서울역에 도착, 아들에게 전화로 그렇게 말했다는 것이다. 오늘날 어쩌다가 0번이어야 할 우리 부모님의 위치가 6번으로 밀려났을까. 참으로 안타까운 자화상이 아닐 수 없다. 나에게는 그나마 순번을 매길 부모조차 계시지 않다. 조실부모했기 때문이다.

어느 이산가족이 '어머니' 라 부를 수 있는 것만으로도 행복하다는 말이 가슴을 저며온다. 그럴 때면 나는 초등학교 5학년 때 담임선생님의 첫 인사말씀이 생각난다. 선생님은 정철의 '어버이 살아실 제 섬길 일란 다하여라. 지나간 후면 애닯다 어이하리.

평생에 고쳐 못할 일이 이뿐인가 하노라' 라는 시조를 인용하면서 첫인사에서부터 효를 강조하셨다. 항상 괴롭고 아쉬울 때만 부모님을 찾는 요즈음 장병들의 가슴 속에 부모님은 과연 몇 번으로 자리잡고 계실까.

　부처님의 10대 제자 중 신통제일이었던 목련존자가 지옥에서 어머님을 구제해 드린 7월 백중 우란분절에 진묵대사의 이 애절한 '망모제문' 을 가슴에 다시 한번 새겨보며 잃어버린 우리들의 부모님 자리를 되찾아드림이 어떨까. 효는 백행의 근본이기 때문이다.

正雨
정우

사람의 가슴에서 팔 다리까지는
30Cm가 채 안 된다.
그러나 가슴의 결심이 팔 다리의
실행(實行)으로 옮기는 데
평생이 걸리는 사람도 있다.

실천하지 않는 진리는 진리가 아니라
한낱 관념에 불과할 뿐이다.
부디 이 지면에 올라온 글들이
젊은이들의 머리에서 가슴으로 들어가
손발로 반드시 **회향**되기를 간절히 바란다.

황소를 소매치기하는 법

집채만한 황소를 소매치기 당했다고 하면 당신은 믿을 수 있겠는가?
호주머니에 든 지갑도 아니고 둘러 맨 가방 속의 귀중품도 아닌 황소
를…. 그런데 세상에 그런 일이 있었다. 남의 일이라고 그냥 웃고 넘기지
말고 다들 조심하기 바란다.

옛날, 어느 시골에 한 농부가 논갈이를 마치고 귀중한 집안의 재산인
황소를 끌고 집으로 돌아가고 있었다. 하루 종일 얼마나 말을 잘 듣고 일을
잘하던지 농부는 집채만한 황소의 목덜미를 쓰다듬으면서 즐거워했다.

그런데 인적이 드문 산길을 지나는데 수상쩍은 사내 두 명이 지나갔
다. 그 중 한 사내가 자기 동료에게 귓속말로 이렇게 소곤거렸다.

"저 소 한번 훔쳐볼까?"

"자네는 고작 소매치기의 달인이지, 어떻게 저런 큰 소를 훔쳐? 저

소가 호주머니에 들어가기는 하겠어?"

그러나 본업이 소매치기인 사내는 소를 훔칠 수 있다고 장담을 하고는 농부를 추월해 한참을 나아가더니 길가의 큰 소나무 밑으로 얼른 몸을 숨겼다.

기분 좋게 집으로 돌아가던 농부는 어스름녘에 길에 뭔가 떨어져 있는 것을 보았다. 그것은 그 당시에 보기도 힘든 새 가죽신 한 짝이었다. 농부는 한 짝으로서는 쓸모가 없는 새 가죽신을 안타까워하면서 주물럭거리다가 저 멀리 던져버렸다. 그리고는 한참을 더 갔는데 길에 또 뭔가가 떨어져 있었다. 저 쪽에서 버리고 온 새 가죽신의 나머지 한 짝이었다. 순간 농부는 난감해졌다. 머릿속이 아주 복잡해진 것이다.

한참을 망설이던 농부는 더 어두워지기 전에 멀리 던져 놓은 한 짝의 새 가죽신을 찾아 나서기로 했다. 그래야 날이 밝기 전 다른 사람에게 빼앗기지 않을 것 같았기 때문이다. 농부는 마음이 다급해지기 시작했다. 소를 데리고 왔다갔다 하기에는 날이 너무 어두워지고 있었다. 할 수 없이 농부는 황소를 길 옆 소나무에 단단히 매어 놓고 헐레벌떡 뛰어갔다. 새 가죽신 한 켤레가 저절로 굴러들어 오다니 이런 횡재가 없었다. 예상대로 자기가 던져버렸던 그 곳에서 가죽신을 찾을 수 있었다.

횡재한 생각에 날듯이 돌아온 농부! 아까 단단히 매어 놓았던 그 곳에 도착했을 때는 이미 자신의 가장 큰 재산인 황소는 사라진 뒤였다.

소를 소중하게 여겼던 농경사회가 지나 IT 첨단시대가 된 지금도,

어리석은 농부처럼 눈 앞의 이익과 말 재주꾼들의 사탕발림에 속아 자기의 가장 소중한 것들을 잃어버리고 사는 어리석은 사람들이 너무나 많다.

　그래서 예부터 선가(禪家)에서는 수행자가 정진을 통해 잃어버린 본성을 찾아가는 과정을 '잃어버린 소를 찾는 일'에 비유해 십우도(十牛圖) 혹은 심우도(尋牛圖), 목우도(牧牛圖)라는 선화(禪畵)를 제시하기도 했다. 만해 한용운 스님은 잃어버린 소를 찾기 위해 한시도 게을리하지 않으려고 당신이 사는 집 이름을 아예 '심우장(尋牛莊)'이라고 지었었다. 여러분도 가장 큰 재산인 소가 잘 있는지 매일 확인해 보고 잃어버렸다면 꼭 찾아 나서기 바란다.

어느 조그마한 절에서 두 동자승이 다투고 있었다. 무엇 때문에 그런지 몰라도… 시간이 흐를수록 티격태격 싸우는 폼이 심상치 않아지고 있었다. 엄숙하고 경건한 절에서 낮은 목소리로 다투었지만 멀리 있던 주지스님의 눈에 띄게 되었다. 한참을 몰래 상황을 지켜보던 주지스님께서 나섰다. 그는 두 동자승을 절 마당 자그마한 나무 아래로 데려갔다. 그리고 나뭇가지 하나를 꺾어 바닥에 내려놓으며 두 동자승에게 물었다.

"이 나뭇가지는 긴 것이냐, 짧은 것이냐?"

갑작스런 주지스님의 엉뚱한 질문에 두 동자승들은 뭐라고 대답할지 몰라 망설일 뿐이었다. 주지스님께서 짐짓 화가 난 투로 재차 물었다.

"아니, 이 나뭇가지가 길게 보이느냐, 짧게 보이느냐?"

한 동자승이 대답한다. "길게 보입니다."

또 다른 동자승은 짧게 보인다고 대답을 했다. 왜 그렇게 보이냐고 둘에게 물었다. 법당에서 목탁을 치며 염불공부를 열심히 하고 있던 동자승은 머릿속에 목탁채를 염두에 두고 목탁채보다는 기니까 길다고 대답한 것이라고 한다. 두 번째 동자승은 부엌에서 공양 준비를 담당하는 임무를 맡은 동자라 부지깽이보다는 짧아서 짧다고 한 것이다. 이에 주지스님은 다음과 같이 일러줬다.

"너희가 티격태격 다투는 것은 다 자기 자신만을 알기 때문이다. 본래 긴 것도 짧은 것도 아닌 것을, 너희들 각자의 마음에 자리한 목탁채와 부지깽이로 세상을 견주어 보기 때문에 길게 보이기도 하고 짧게 보이기도 하는 것이다. 내 생각의 기준으로만 길고 짧음, 옳고 그름, 좋고 나쁨을 쉽게 정해서는 안 된다. 다른 사람의 마음과 눈도 염두에 두어야 한다. 그들도 너 자신의 견해와는 다르지만 결코 틀리지만은 않다는 것을 깨달아야 한다."

우리들 각자의 마음에는 과연 어떤 잣대가 있는지 한 번 꺼내 살펴볼 일이다. 혹시 길어졌다 줄어들었다 제 마음대로 되는 손오공 잣대는 아닌지 확인해 볼 일이다. 아마도 대개 내가 이로울 때와 불리할 때 꺼내드는 잣대가 분명 달랐다는 것을 인정할 것이다. 좋고 나쁨, 길고 짧음, 성공과 실패, 아름다움과 추함 등 모든 것이 내가 가진 그 잣대에 의해서 결정된다.

호감이 가고 믿을 만한 사람은 주로 나에게 잘해 주고 이익을 주는

사람이다. 그러나 나에게 이익을 주나 다른 어떤 사람에게는 불리하게 하
는 사람일 수가 있다. 그러니 그 좋은 사람도 다른 사람에게는 참으로 나
쁜 사람일 수가 있는 것이다. 물론 그 반대의 경우도 있다. 여기서 '나에
게 잘해 주느냐, 이익을 주느냐' 의 잣대가 나서게 되는 것이다.

　　이런 저런 잣대에 의해서 우리는 편 가르기를 하고 미워하고 다투며,
친구가 되기도 하고 원수가 되기도 한다. 두 동자승이 바로 내 모습이다.
그러니 내 마음 속에 들어 있는 목탁채나 부지깽이를 자꾸 버리는 연습을
해야 한다. 그래야 다툼을 줄이고 평안을 얻을 수 있다. 이제 더 이상 내
잣대만 반드시 정확하다고 우기는 일은 없도록 하자.

이 사람을 소개합니다

 '바로 이 사람이 제가 소개해 드리고자 하는 바로 그 분입니다. 세상에서 당신이 재기할 수 있도록 도와줄 수 있는 유일한 분이지요. 하지만이 사람과 지금껏 알고 지내던 그런 관계로만 지낸다면, 미시간 호수에풍덩 빠지는 수밖에 없을 것입니다. 당신은 이 사람에 대해 좀 더 자세히알 필요가 있습니다. 그러기 전까지는 당신은 여전히 가치 없는 사람일뿐입니다.'

미국의 유명한 성공학자 나폰레온 힐은 어느 날, 미시간 호수에서 자살을 결심한 어느 남자가 죽기 전에 우연히 손에 넣은 힐의 몇 년 전 책을들고 찾아오자, 그 남자에게 이 사람을 소개해 준다.

사업에 실패하여 절망에 가득 차 생활하던 그 남자는 생기 잃은 눈동자에 푹 파인 주름, 구부정한 자세, 덥수룩한 턱수염, 불안한 표정 등으로

도저히 도움을 줄 만한 것이 없을 정도였다. 그래서 나폴레온 힐도 처음에는 그에게 도움을 줄 만한 무엇도 없다고 잘라 말했다. 또다시 절망으로 고개를 떨어뜨리고 얼굴이 하얗게 변한 그 남자에게 힐 자신 말고 도움을 줄 수 있는 다른 사람을 하나 소개시켜 주게 된다.

힐이 소개시켜 준 사람은 과연 누구였을까? 그 남자를 데리고 가서 커튼을 열고 소개해 준 사람은 바로 그 남자 자신이었던 것이다. 커튼 뒤에는 커다란 벽면 거울이 놓여 있었던 것이다. 거울 속에 비친 자신을 보고 놀란 그는 흐느껴 울다 한참만에 돌아갔다. 그리고 얼마후 새사람이 되어 힐 앞에 나타났다고 한다.

경전에 보면 부처님도 이와 같은 아주 탁월한 법문을 자주 하신다. 그래서 불교를 '자신을 찾아 떠나는 여행'이라고 표현한 분도 있다. 당나라의 선가(禪家)에서는 거울이 물건을 비추는 작용을 '조(照)'라 했다. 그래서 중국선사들은 이러한 법문을 '회광반조(廻光返照)' 즉, 밖으로 나도는 마음을 돌이켜 자기 내부의 불성과 본래 면목을 밝히는 것으로 정리하셨다. 능동적으로 자기 자신을 거울에 비춰보고 회고반성(回顧反省)하여 자신의 본래면목(本來面目)을 찾는다는 말이다.

부처님은 어려운 사람들에게 재정적 도움을 주거나 직장을 소개시켜 주는 등의 일들은 가급적 하신 적이 없다. 왜냐하면 손쉬운 도움은 그 사람을 더욱 무능하게 만들기 때문이다. 고기를 잡아주는 것보다 고기 잡는 법을 일러 주시는 데 일생을 바쳤다. 홀로 설 수 있는 자주(自主), 자립(自立),

자조(自助)의 힘을 길러 주셨다. 부처님은 스스로를 참으로 깨닫게 해주셨다. 그 사람의 진짜 모습, 본래면목(本來面目)을 찾게 도와주신 것이다. 여러분도 오늘, 거울 앞에 서서 자신의 진정한 모습을 들여다보기 위한 시간을 가지기 바란다.

'제가 소개해 드리고자 하는 분은 바로 당신이다. 당신이 세상에서 성공할 수 있도록 도와줄 수 있는 '유일한 분'이다. 하지만 이 사람과 지금껏 알고 지내던 그런 관계로만 계속 지낸다면, 큰 실수를 하는 것이다. 다시 없는 아주 절대절명의 기회를 잃게 되는 것이다. 당신은 이 사람에 대해 좀 더 자세히 알 필요가 있다. 그러기 전까지 당신은 여전히 가치 없는 사람일 뿐이다.'

이 말은 나폰레온 힐의 말인 동시에 부처님께서 2600년 전에 하신 말씀이다. 조용히 '자신을 찾아 떠나는 여행'에 동참하여 보기를 바란다.

누님의 배는 아직 안 부르십니까?

이 세상 모든 사람들은 모두가 잘 살고 싶어 한다. 길 가는 누구를 잡고 물어 봐도 잘 살고 싶은 사람뿐이지 잘 살고 싶지 않다고 하는 사람은 하나도 없다. 나쁜 일을 저질러 감옥에 가는 사람도 한번 잘 살아 보려다가 그랬다고 말한다. 이렇게 잘 살고 싶은 사람은 천지에 깔려 있는데 '지금 잘 살고 있느냐?'고 물으면 다들 그렇지 않다고 고개를 흔든다.

요즘의 '웰빙(Well-Being) 바람'도 사실 '잘 살기 바람'이다. 그런데 그 '잘 살기 운동'들의 초점이 내면적이 아니라 하나같이 외면적인 것에 쏠려 있다. 내면과 외면이 동시에 향상되어야 환경도 편안하고 마음도 편안해질 텐데 오직 외면에만 집착하고 있는 듯하다.

근본을 바꿔야지 껍데기만 자꾸 고치려고 하니 매일 매일이 공허하기만 할 뿐이다. 더러워진 오물은 플라스틱 통에 담아도 아름다운 도자기

에 담아도 '오물통'이라고 불린다. 그 오물을 황금통에 담아둔들 결국 그 통은 오물통일 수밖에 없듯이 내용물을 바꿔야 하는 것이다. 황금이나 보석들은 그것을 플라스틱 통에 담아도, 도자기에 담아도, 금박장식통에 담아도 똑같이 보석함이라 부른다. 결국 외면보다 내면으로 존재가치가 결정된다는 이야기다.

진정 잘 살기 위해서는 '잘못된 정신'을 바꿔야 한다. 그러기 위해서 먼저 우리는 우리들 자신의 내용물을 '주인정신'으로 무장해야 한다. 이 '주인정신'은 바로 '자주(自主), 자립(自立), 자조(自助), 자강(自强), 자생(自生), 자력(自力)정신'으로 살아가는 것이다. 이 정신은 스스로가 부처임을 자각(自覺)하고 살아갈 것을 가르치는 불교의 핵심정신이다.

보조국사(普照國師) 지눌(知訥)스님에게는 누님이 한 분 있었다. 보조국사의 누님은 동생이 나라에서 국사(國師)로 받들 만큼 큰스님이라는 사실

을 항상 자랑스럽게 생각하며 살았다. 누님은 보조국사가 머물고 있는 창평 청원사에 자주 다녔다.

"나는 부처님처럼 훌륭한 스님을 아우로 두었으니 지금 죽는다고 해도 아무 걱정이 없네. 아우님은 형제가 아닌 남도 제도(濟度)해 주는데, 설마 친누이인 나를 극락으로 제도해 주지 않을라구. 그러니 나는 불도(佛道)를 닦지 않아도 될 거야."

이렇게 말하며 보조국사의 누님은 염불할 생각도 불공드릴 생각도 하지 않았다. 보조국사가 그것은 잘못된 생각이라고 몇 번이나 설명했지만 누님은 들은 척도 하지 않았다. 마침내 보조국사는 누님의 생각을 바꿔보기로 결심하고 어느 날 누님을 절로 특별히 초대했다.

보조국사는 맛있는 음식을 잔뜩 장만해서 상에 차려두고 누님을 기다렸다. 드디어 누님이 방 안으로 들어서자 보조국사는 누님에게 먹으라는 말 한마디 없이 혼자 음식을 먹기 시작했다. 초대를 해놓고 맛있는 음식을 혼자만 먹으며 자기에게는 권하지도 않는 보조국사를 한참 동안 지켜보던 누님은 머리끝까지 화가 났다.

"여보게, 아우님. 나를 초대하지 않았는가?"

"예, 초대했지요."

"그런데 나한테는 먹으란 말도 없이 혼자만 먹고 있으니 어찌된 일인가?"

"왜요? 아우의 배가 이렇게 부른데, 누님께서는 배가 아직 안 부르십니까?"

"이 답답한 사람아, 아우님만 먹는데 내 배가 부를 까닭이 없지 않은가? 내가 먹어야 내 배가 부르지."

보조국사는 얼굴에 흐뭇한 웃음을 지으며 말씀하셨다.

"누님, 그 말씀 참 잘하셨습니다. 내 불법(佛法)이 누님에게까지 공덕(功德)이 된다면 내가 먹은 음식은 어째서 누님의 배를 부르게 하지 않을까요?"

보조국사의 누님은 그제야 자신을 깨우치게 하려고 동생인 스님이 꾸민 일임을 알아차렸다. 그리고 아무리 훌륭한 아우를 두었다고 할지라도 제 스스로 불법을 닦지 않으면 안 된다는 진리를 확연히 깨닫고 그 후로는 부지런히 염불수행도 하고 불공도 드렸다고 한다. 이처럼 '자주(自主), 자립(自立), 자조(自助), 자강(自强), 자생(自生), 자력(自力)정신' 은 자기 자신을 영원히 제대로 잘 살게 이끄는 핵심사상이다.

어렸을 때 어머님께서 주신 가르침 중에 지금도 꼭 지키고 있는 것이 있다. '마지막', '끝'이라는 단어는 함부로 사용하지 말라는 말씀이었다. 나이를 먹고 사회생활을 하다 보니 어머님의 그 말씀이 참으로 훌륭한 가르침이었다는 것을 뼈저리게 느끼고 있다.

마지막인 줄 알았던 인연도 돌고 돌아 다시 만나게 되고, 다시는 부탁할 일이 없을 것 같은 사람에게 '마지막 부탁'이라고 했는데 또다시 부탁할 일이 생기고, 마지막 기회인 줄 알았는데 우연찮게 새로운 기회가 나타나고. 그래서 나의 대화 속에는 '마지막'이라는 단어가 거의 사용되지 않게 되었다. 이제는 다른 사람들에게도 '마지막'이라는 단어는 함부로 쓰는 것이 아니라고 가르쳐 주고 있다.

'Opportunity is no where! 기회란 어디에도 없다'라는 문장이 있

다. 아주 절망에 가득 찬 상황 속에서 내뱉는 말이다. 그러나 이 글자를 자세히 살펴보면 아주 재미있다. 글자 사이에 한 알파벳만 옮겨 놓아 보자. No와 Where 사이에 있는 'W'를 왼쪽으로 한 번 옮겨 보면, 자 어떻게 되는가? 'Opportunity is now here! 절호의 기회가 바로 눈 앞에 있다'라는 말이 된다. 문장이 전혀 반대의 의미로 재탄생된다.

글자를 가지고 말장난 하자는 것이 아니다. 세상일이란 게 다 이와 비슷하다고 생각한다. 자신이 먹는 마음의 방향에 따라서 운명이 결정되는 것이다. 절망이라고 여겨지는 곳에서도 희망의 빛은 찾을 수 있는 것이다. 진정한 '마지막'과 '끝'은 내 마음에서 결정되는 것이다. '좌절은 있어도 포기는 없다'는 말이 있는 것처럼 마지막이라고 생각하고 '포기'를 하는 사람에게는 '새로운 기회'란 있을 수 없는 것이다. 끝까지 노력해 보는 자세, 이것이 필요하다.

세상 사람들 모두는 이상향에서 살기를 꿈꾼다. 파라다이스, 무릉도원, 극락, 천국, 엘도라도, 유토피아 등등. 그러나 유토피아(Utopia = OU(No) + TOPOS(place))라는 단어가 의미하듯 그러한 곳은 이 세상에 '존재하지 않을 것(no place)'이라고 생각한다. 그러면서도 사람들은 그러한 세계를 얻으려 혈안이 되어 있다.

이상향을 의미하는 또 하나의 영어단어 '에레흔(Erehwon)'은 아주 흥미로운 글자이다. 자세히 들여다보면 "어디에도 없는 것은 아니지만 여기에 있는 것도 아니다"라는 의미로 '노 웨어(no where)'를 거꾸로 써서 만든 글자라는 것을 알 수 있다. 역시 이 단어를, '아무 데도 없는 곳, 이상향'이라고 천편일률적으로 설명하고 있는데 나는 생각이 좀 다르다.

앞에서 'Opportunity is no where!'를 'Opportunity is now here!'로 사고를 역발상해 상황을 반전시켰듯이 이상향 '에레흔(Erehwon)'도 노 웨어(no where)를 거꾸로 쓴 것이 아니라 '나우 히어(now here)'를 거꾸로 쓴 글자라고 생각해 볼 수 있다는 것이다. 그렇다면 우리의 이상향은 바로 이 곳일 수 있다는 것이다.

극락과 지옥은 꼭 죽어서 가는 곳은 아니라고 불교에서는 말한다. 아무 데도 없는 땅, 죽어서나 가는 저 먼 곳을 추구하며 인생을 낭비하며 보낼 것이 아니라 이 나라 이 땅 이 곳에서 우리는 유토피아, 에레흔을 만들어야 하며 찾아야 한다. '저 높은 곳을 향하여' 올라가 봤자 구름 외에는 아무것도 없다는 사실을 우리는 이제 안다. 내가 사는 이곳을 천국으로 만들고 무릉도원으로 만들어야 한다.

'Now and here'은 붓다의 핵심사상이다,

천지(天地)의 갈림길에 서서

 얼마나 잘생기고 매너가 좋았는지는 모르지만 항상 그에게는 스캔들이 따라다녀 부처님도 난처할 때가 많았다. 출가하여 수행하는 데는 상호(相好)가 원만하여 여자의 유혹이 많다는 건 수행에 큰 장애가 됨은 두말할 나위가 없다. 그런 그가 마음이 흐트러져 정진이 게을러지고 있을 때였다. 부처님이 아난과 나란히 앉아 명상에 들어 그를 지옥구경을 시켜주었다.

그를 처음 데리고 간 곳은 화탕지옥이었다. 대형 가마솥에 물이 몹시 끓고 있는데도 옥졸들은 나무를 쉬지 않고 집어넣고 있는 것이었다. 부처님이 물었다.

"너희들은 무엇을 하려고 그렇게 물을 끓이느냐?"

"네, 한 오십 년 후 인간계의 아난이란 자가 이곳에 온다기에 그를

천지(天地)의 갈림길에 서서

집어넣어 끓일 준비를 미리 하는 중입니다.”

아난의 얼굴빛이 금세 잿빛이 되었음은 말할 필요가 없었다. 숨이 탁 멈추어졌다. 자기가 지옥에 떨어져 저 끓는 물에서 고통스러워해야 하다니…. 아난은 저도 모르게 탄식이 나왔다. ‘지옥에 떨어지지 않으려면 어떻게 해야지? 다시는 수행을 게을리해서는 안 되겠다’고 혼자서 중얼거렸다.

부처님은 다시 위신력으로 아난과 함께 천상의 어느 곳을 방문하여 잠자리 같은 옷자락을 날리며 미묘한 악기소리를 내는 천상의 여자들에게 물었다.

“너희들은 무엇을 하려고 그렇게 아름다운 노래와 악기를 연주하고 있느냐?”

“네, 오십 년 후 인간계의 아난께서 이곳으로 오신다기에 그 분을 환영하기 위해 미리 노래 연습을 하는 중입니다.”

그제야 아난의 얼굴빛이 도화 꽃으로 물들었고, 깊은 한숨을 내쉬었다. 명상에서 깨어난 아난은 부처님께 나아가 예를 올리고 나서 찬탄하며 눈물을 흘렸다고 한다. 지옥의 처참함을 보고 다시는 수행을 게을리하지 않기로 마음먹은 그의 ‘다짐’ 하나로 지옥에서 천국으로 내생이 바뀌었기 때문이다.

여러분의 다음 생은 과연 무엇이 준비되어 기다리고 있을까? 마음만 조금 고쳐먹어도, 손발만 조금 움직여도 바로 내생의 준비상황이 달라질 수 있다.

　우리 몸은 남녀 똑같이 총 206개의 뼈로 이루어져 있다고 한다. 그런데 양쪽 발에 있는 뼈의 개수를 모두 합하면 52개, 양손에 있는 뼈의 개수가 54이니 우리 몸의 뼈 중에서 손과 발이 차지하는 뼈가 절반이 넘는다는 것이다. 이렇게 손과 발은 뼈가 많아 섬세하게 움직일 수 있고 촉각에 있어서도 다른 어느 것보다 예민하다. 그런데 이렇게 손과 발이 다른 것보다 기능이 발달하고 전체 몸의 과반수가 넘는 뼈를 지니고 있는 이유는 과연 무엇일까?

　그것은 바로 인생의 절반 이상이 손과 발에서 만들어진다는 의미가 아닐까 생각한다. 머리나 입이 아니라 사실 손과 발이 성공을 만들어 주는 게 아닐까?

　뼈대 있는 집안을 이루기 위해서는 뼈대 많은 손과 발을 열심히 움직여야 하는 것이다. 오늘은 오늘의 해가 또 솟았다. 206개 뼛조각, 106개 손발 뼈를 부지런히 움직여서 행복을 이루는 인연공덕을 지어보자. 가지런히 뼛조각 곱게 눕혀 놓아봤자 별 득이 없을 것이다. 벌떡 일어나 내 인생을 창조하자!

〈도덕경〉의 여덟째 가름에서 노자(老子)는 '상선약수(上善若水)'라 하여 '가장 좋은 것은 물과 같다'고 했다. 왜냐하면 물은 만물을 이롭게 하고 남들이 싫어하는 낮은 곳으로 가기를 좋아하기 때문이다. 그러면서 '온 갖 것과 다투지 아니하니 허물이 없다'고 처음과 마지막에 또 강조한다.

이처럼 물은 다투지 아니하면서 만물의 상황을 이롭게 만들어 주는 미덕을 지녔다. 주위를 살펴보면 물과 인연(因緣)하지 않은 것들은 거의 없다. 둥근 잔에 담기면 둥글게 되고 네모난 그릇에 담기면 네모가 된다. 그는 자기를 주장하며 다투지 않는다.

밥솥에 들어가면 밥을 만들고 수제비 냄비에 들어가면 맛있는 수제비 국물이 되는 식이다. 꽃과 만나면 꽃이 되고 나무와 만나면 나무가 되며, 뱀이 먹으면 독이 되고 젖소가 마시면 우유가 된다. 사람이 마시면 사람이 된다. 그리하여 사람은 70%가 물이다. 다수결의 원칙에 의거하여 50%를 넘게 차지하고 있으니 물이라고 불러야 되는데 그렇게 안 부르고 사람이라고 부르고 있다. 물은 만물과 인연하여 자신을 숨기고 그 만물과 하나 되는데 아무런 불만이 없다. 그래서 누구와 인연이 되었느냐에 따라 천차만별의 삶을 사는 것이다.

물을 예로 들었지만, 인간도 세상만사 인연을 어떻게 지었느냐에 따라 천차만별의 삶으로 나뉘어진다. 인연을 잘 지으면 무슨 일이든 이루어 낼 수 있다. 법회에 한 번 참석하여 지은 인연이 인생을 바꿀 수도 있다. 마음을 비우려 훌훌 털고 떠난 명승사찰(名勝寺刹)에서 삼배를 드린 인연으로 새로운 인생이 펼쳐질 수도 있다. 그래서 인연은 허공(虛空)과 같다고 했다. 무한한 가능성의 장(場)이 열려 있기 때문이다.

그렇기에 부처님은 악연을 짓지 말라고 하신다. 악연이 될 만한 곳은 아예 가지를 말라고 말리신다. 오락장에 가면 오락을 하게 되고 도박장에 가면 도박을 하게 된다. 그리고 나쁜 마음을 품고 살지 말라고 한다. 선연(善緣)을 짓고 선(善)을 가까이 해야 복을 받는 것이다. '복 짓는다'고 하는 것은 다름 아닌 '좋은 인연'을 많이 만드는 것이다. 물이 무엇을 만나느냐에 따라 그 운명이 달라지듯이 사람도 어떤 인연을 짓느냐에 따라 그 운명이 달라지는 것이다.

자신의 인생을 위해서 잘 만나야 하는 인연은 크게 세 가지다. 시대와 땅과 사람이다. 어느 시대에 태어났느냐에 따라 사람의 운명은 달라질 수밖에 없다. 그러나 그것은 지금의 우리가 어떻게 할 수가 없다. 그냥 받아들이는 수밖에 없다. 그러나 땅과 사람은 지금의 내가 선택할 수가 있다. 그 중에서 '석가모니'와의 만남도 결코 후회하지 않을 최상의 선택이 될 것이다.

그러니 앞으로 인연을 잘 짓도록 노력해야 한다. 인연은 만난다고도 하지만 짓는다고도 한다. 복도 받는다고도 하고 짓는다고도 한다. 인연도 복도 내가 주인이 되어 내가 만들어가는 것이다. 다시금 노자의 〈도덕경〉 여덟 번째 가름 중 "물은 만물을 이롭게 하고 남들이 싫어하는 낮은 곳으로 가기를 좋아한다. 그리고 온갖 것과 다투지 아니하니 허물이 없다"라는 말을 상기하면서 좋은 인연을 많이 지으면서 살기를……

변화하지 못하면 깨달음도 없다

사람은 어머니 뱃속에서 처음 잉태되었을 때 상당기간 동안은 99%가 물이었다. 그러다가 태아가 사람 모습을 어느 정도 갖추고 커지면서 물의 비율이 점점 줄어들기 시작해 세상 밖으로 갓 나왔을 때는 90% 정도가 물이라고 한다. 젖을 떼고 곡식을 먹으면서 활동을 하기 시작하면 몸 속의 수분 비율은 줄어들기 시작해 성인이 되는 청년기에는 몸의 70%가 물이라고 한다. 이어 장년기를 지나 노년기가 되고 몸속의 물도 자꾸 줄어들어 결국 50%까지 비율이 내려간다. 그러니 사람은 늙어서 죽는 한편 '굳어서 죽는 것' 이라는 표현도 일리가 있다.

우리의 몸 속에 99%가 물이었을 때는 남녀 성 구분을 비롯해 무한한 가능성을 지니고 있는 시기였다. 그러다가 몸에서 수분이 조금씩 줄어들면서 몸도 사고(思考)도 굳어지고 변화에 적응하는 능력도 떨어지기 시작한다. 물이 어떤 그릇에 담겨도 그 그릇에 맞추어 자기 모양을 변형시키듯, 우리들의 몸속에 물이 줄어들면 들수록 변화에 적응하지 못해 몸과 마음이 굳어버리고 도태되기 시작하는 것이다.

기성세대가 젊은이들을 이해하지 못하게 되고 새로운 기기들을 사용하는 데 어려움을 겪는다면 이는 몸과 마음이 화석화되어 간다는 경고이다. 앞으로도 여전히 대접받고 존경받으며 주류에 밀려나지 않으려면 새로운 것에 대한 무한한 갈증을 지녀야 한다. 몸은 어차피 굳어지더라도 마음만은 유연하게 유지하려는 피나는 노력을 해야 된다. 삶의 변화에 유연하지 못하다면 이미 그는 죽은 거나 마찬가지다. 늙은 솔개가 부리를 갈고 발톱과 깃털을 뽑는 처절한 노력으로 새 삶을 얻듯이 우리는 항상 변화에 순응하고 변화를 선도해야 새로운 인생을 살 수 있다.

석가모니도 자신의 가르침을 4법인(四法印)으로 역설하셨다. 변화를 받아들이고, 그 변화를 능동적으로 이끄는 이가 바로 참된 부처가 될 수 있다고 말씀하셨다.

"세상의 모든 것은 끊임없이 변화하느니라.
나 자신도 끊임없이 변해가고 있지 않은가!
그 변화에는 항상 힘든 고통과 고난이 따를 수밖에 없다.
그 고통을 극복한 사람만이 영원한 행복을 누릴 수 있다."

이것을 한문으로 말하면, 제행무상(諸行無常), 제법무아(諸法無我), 일체

개고(一切皆苦), 열반적정(涅槃寂靜)인 것이다. 변화(Change) 속에는 무한한 가능성과 기회(Chance)를 포함하고 있다. 그리고 그 기회라고 하는 것은 바로 변화에 의해서만이 완성될 수 있는 것이다. 그래서 두 단어에는 g와 c의 차이만 있지 거의 같은 것이다.

중생과 부처의 차이도 바로 변화를 인식하는 '마음먹기' 하나의 차이만 있는 것이다.

가장 중요한 것은 눈에 보이지 않는다

내려 갔다. 〈법구경〉이나 〈탈무드〉, 〈채근담〉처럼 읽을 때마다 그 맛이 새롭다. 또다시 많은 걸 생각하게 해주었다. 그 책 속에서 여우는 어린왕자에게 이렇게 말하는 대목이 나온다.

"내 비밀은 별다른 게 없어. 무엇인가를 볼 때 아주 단순하게 오로지 마음으로만 보라는 거야. 가장 중요한 건 눈에 보이지 않거든."

짧은 이 책에서 '가장 중요한 건 눈에 보이지 않는다' 는 말이 여러 번 반복된다. 아마도 생텍쥐페리가 깨달은 진리의 한 편린(片鱗)인지 모르겠다. 명탐정 〈셜록 홈즈〉시리즈로 유명한 영국의 추리작가 코넌 도일도 이렇게 말한 적이 있다.

"가장 좋은 것들은 조금씩 찾아온다. 작은 구멍에서도 햇빛은 볼 수 있다. 사람들은 산에 걸려 넘어지지 않는다. 그들은 작은 돌멩이에 걸려 넘어진다. 작은 것들이 곧 중요한 것이다. 오랫동안 내 좌우명이 되어온 것은 '작은 일들이 한없이 가장 중요한 일이다' 라는 것이다."

우리는 아주 작은 일들부터 최선을 다할 때 비로소 큰 일을 해낼 수가 있는 것이다. 우리가 일반적으로 생각하는 '참으로 중요한 것들' 은 분석해 보면 참으로 평범하거나 사소하다고 여겨지는 것들이며, 눈에 잘 보이지 않는 것들이다.

예를 들어보면 다음과 같다. 지구의 생명체들은 빛이 없으면 생존할 수 없다. 그러나 우리들의 생명의 근원인 빛은 색깔이 없다. 화려하지 않다. 공기도 마찬가지다. 공기가 없으면 그 어느 생명체도 살아남을 수 없을 것이지만 공기가 화려한 색을 지니고 있거나 맛이 뛰어난 것은 아니다. 만에 하나 공기가 아주 달콤하고 맛있다면 아마도 대부분 배가 터져 죽을 것이다.

물은 또 어떤가? 물 없이 우리는 며칠도 살 수 없다. 그런 물이 일반 음료처럼 맛있다면 또 어떻게 될까? 물에 빠져서 나오려고 하지를 않을 것이다. 주위를 살펴보면 무색(無色) 무미(無味) 무취(無臭)한 것들이 별거 아닌 것 같은데 예상 외로 이 세상에서 가장 소중한 것들이라는 것을 알 수 있다. 우리가 매일 먹는 밥도 사실 거의 무미하고 무색에다 무취가 아닌가? 그러니 밥만으로는 느끼해서 못 먹는다. 여러 가지 반찬이 필요한 이유가 바로 그것이다.

진정한 사랑은 화려하게 포장할 필요가 없다. 진실이 담긴 말은 꾸밀 필요가 없다. 굳이 알아달라고 강요하거나 협박할 필요가 없다. 불교의 가르침은 비교적 밋밋한 것 같다는 느낌을 이야기하는 사람이 많다. 그래서인지 불교도 중에는 열성신도가 적다. 뭔가 무미하고 무색하고 무취하다고 여겨져서 현혹이 잘 안 되는 모양이다. 이 세상에서 뭔가 화려한 것일수록 뒤에다 숨긴 것이 많다. 품고 있는 독이 엄청나다. 그 도리를 알아야 한다.

진정한 불자라면 그 사소하고 작으면서 화려하지 않는 것을 가장 아름답게 볼 수 있는 안목이 있어야 하는 것이다. 그 식견이 있어야 한다. 눈에 보이는 화려함에 속지 않아야 한다. 오랫동안 내 좌우명이 되어온 것은 '평범하고 단순하며 눈에 보이지 않는 것들이 한없이 중요한 것이다'라는 것이다.

흔들리며 피는 꽃

인도철학에서 가장 확실한 전제 조건은 '삶은 고(苦)'라고 하는 명제
이다. 생로병사가 다 고통(苦痛)이라는 인식에서부터 출발한다. 그래서 이
세상을 '고해(苦海)'라 일컫는다. 사실 세상을 둘러보면 괴롭지 않은 것이
없다. 즐거움과 쾌락마저도 영원히 지속되지 않으니 안타깝고 한스럽다.
즉, 괴롭다.

그러나 진흙이 있어야 연꽃이 필 수 있듯이, 그 고(苦)는 부정적 의미
만을 포함하고 있는 것은 아니다. 그것은 사랑을 낳고 자비를 낳고 부처
를 만들고 예수를 만들어냈다. 깨달음을 만들어 내는 원료(原料)가 바로 고
(苦)이다. 고는 버려야 하는 혹은 피해야 하는 대상이 아니라 극복해야 하
는 대상이다. 승화(昇華)시켜야 하는 대상이다.

불가(佛家)에는 '니다불대(泥多佛大)'라는 말이 있다. '진흙이 많아야

만드는 불상도 커진다' 라는 말이다. 참으로 의미 있는 말씀이다.

　세상 어디를 가도, 어느 궁벽 산골을 가도 힘들어하지 않는 인생은 없다. 누구나 가슴 속 깊은 곳으로 다가가면 쓰리디 쓰린 아픔 몇 개씩은 안고 살고 있다. 그래도 세상은 살만하다. 왜냐하면 그 가슴 속 깊은 아픔이 아름다운 진주를 만들어내기 때문이다.

　우리 주위를 한번 둘러보자. 세상의 인구 63억을 100명이라고 가정한다면, 100명 중 52명은 여자이고 48명이 남자이다. 그런데 그 중 20명은 영양실조이고, 1명은 굶어죽기 직전이라고 한다. 또 15명은 비만이다. 75명은 먹을 양식을 비축해 놓았고 비와 이슬을 피할 집이 있지만, 나머지 25명은 그렇지 못하다. 17명은 깨끗하고 안전한 물조차 공급받지 못하고 있다.

　은행에 예금이 있고 지갑에 돈이 들어 있고, 집안 어딘가에 잔돈이 굴러다니는 사람은 100명의 사람 중 겨우 8명 안에 드는 사람이다. 자가용을 소유한 자는 100명 중 7명뿐이다. 100명의 사람 중 99명은 대학 교육을 못 받았고 98명은 컴퓨터를 가지고 있지도 못하다. 그 중 14명은 아예 글을 읽지도 못한다.

　앞의 수치를 곰곰이 되짚어보면 당신은 남들이 뭐라 해도 복이 넘치는 사람이다. 넝쿨째 들어와 있는 복을 쓰레기인양 진가를 알아차리지 못하고 있을 뿐이다.

　　이렇게 세상을 한번 둘러보면 자신이 정말 행복한 사람이라는 것을 알아차리게 된다. 그럼에도 아직 신선한 기분이 들지 않는다면 다음의 시를 읽고 짧은 명상 속에 힘을 얻길 바란다.

흔들리며 피는 꽃

도종환

흔들리지 않고 피는 꽃이 어디 있으랴
이 세상 그 어떤 아름다운 꽃들도
다 흔들리며 피었나니
흔들리면서 줄기를 곧게 세웠나니
흔들리지 않고 가는 사람이 어디 있으랴

젖지 않고 피는 꽃이 어디 있으랴
이 세상 그 어떤 빛나는 꽃들도
다 젖으며 젖으며 피었나니
바람과 비에 젖으며 꽃잎 따뜻하게 피웠나니
젖지 않고 가는 삶이 어디 있으랴

인도에선 수많은 오토바이와 자가용, 버스 틈 사이로 물소들이 6차선 도로를 횡단한다. 어떤 소는 도로 한 가운데서 아예 드러누워 되새김질을 한다. 지독한 매연을 뿜으며 서있는 횡단보도 앞에 갑자기 수십 마리의 양떼를 이끌고 목동들이 지나간다. 그들은 전혀 서두르지 않는다. 그러나 그 누구 하나 경음기를 울리거나 불평불만을 터뜨리는 이 없이 무관심한 듯 기다려 준다.

그런 인도인들이 그래도 관심을 가지고 쳐다보는 광경은 사막에서나 볼 수 있는 낙타가 시내를 활보할 때나, 이층 집채만한 코끼리가 화려한 치장을 하고 시내를 지나갈 때다. 어떤 이는 코끼리 앞에서 예를 올리기도 하고 과일을 보시하기도 한다. 코끼리 코에 돈을 쥐어주기도 한다.

옛날 인도의 어느 마을 거지소년은 몸은 자그마한데 힘이 엄청났다.

왕을 태운 코끼리행렬이 지나갈 때마다 소년은 왕이 탄 화려한 코끼리의 꼬리를 잡아당겨 멈추게 하는 게 큰 재미거리였다. 사람들은 박수를 치며 환호했지만 왕의 심기는 몹시 불편했다. 그러나 어린 거지 소년을 벌하는 것도 체면이 아니었다. 신하를 시켜 아이의 힘을 약하게 할 방도를 찾아보게 했더니 한 현자가 이런 방안을 알려주었다.

"그 아이에게 한 가지 일을 맡기고 날마다 그 대가로 돈을 지불하시오. 마을 사원의 기름 등에 불을 붙이는 일이 좋겠소. 그러나 기름 등에 불이 꺼지면 그 숫자만큼 돈 지불을 줄이시오."

그래서 그 거지소년에게 마을 사원 안에 사람들이 올리는 수많은 기름 등에 불을 꺼뜨리지 않고 밝히는 일을 맡기게 되었다. 그가 그 일을 맡은 뒤 어느 날, 왕은 또 코끼리를 타고 그 마을을 지나가게 되었다. 역시 아이는 코끼리 꼬리를 잡아당기려고 달려 나왔다. 하지만 코끼리 꼬리를 힘껏 잡아당겼으나 더 이상 코끼리를 세우게 할 수 없었다.

그 소년의 머릿속에는 달려 나와 있는 그 순간에 혹시 기름이 다한 등이 있어 꺼지지는 않을까 걱정이 생겨났기 때문이다. 기름 등 하나가 꺼지면 돈이 줄어든다는 걱정에 사로잡혀 다른 일에 집중을 할 수가 없게 된 것이다. 그래서 그는 왕의 코끼리 꼬리를 잡아당겨 세우는 재미있는 일을 포기하지 않을 수 없었다.

그렇다면 당신은 자신이 꺼트리지 말아야 할 기름 등을 몇 개나 관리하고 계시는지? 오늘 또 몇 개가 새로 생겨난 것은 아닌지? 그리하여 삶의 의미도 재미도 기쁨도 그만큼 조금씩 줄어들고 있지는 않은지….

욕심의 노예가 되어, 근심의 굴레가 씌워져 아이의 힘이 약하게 된 것처럼, 내 자신도 점점 약한 사람이 되어가고 있는 것은 아닌지…. 이런 자신을 되돌아보고 다시금 힘을 찾도록 일러 주시는 분이 바로 부처님이시다. 다시 제대로 된 길을 갈 수 있도록 제시해 주시는 분이 부처님이다. 모든 이들이 욕심과 근심에서 벗어나 자유롭고 평화롭게 되기를 진심으로 바란다.

편작(扁鵲)이 유명한 이유

중국에는 전설적인 명의가 둘 있는데 하나는 편작(扁鵲)이요 다른 하나는 화타(華陀)이다. 그 중에서 주대(周代)의 명의(名醫) 편작은 사실 그의 두 형님도 모두 의사였다고 전해지고 있다. 다만 그의 형들은 세상에 이름이 나지 않았던 것뿐이다. 편작이 자기의 형들에 대해서 이야기하는 내용이 〈갈관지〉라는 책에서 나오는데 다음과 같다.

어느 날 위나라 임금이 편작한테 묻는다.

"그대 삼 형제 중 누가 병을 제일 잘 치료하는가?"

"큰 형님의 의술이 가장 훌륭하고, 그 다음은 둘째 형님이며 저의 의술이 가장 비천합니다."

임금이 그 이유를 묻자 편작이 대답한 내용은 이러했다.

"저의 큰 형님은 상대방이 아픔을 느끼기 이전에 얼굴빛만 보고도 장차 그에게 어떤 병이 있을 것인지를 압니다. 그리하여 그가 병이 나기도 전에 병의 원인을 제거해 줍니다. 그리하여 상대방은 아파보지도 않은 상태에서 치료를 받게 되고 따라서 그가 자기의 고통을 제거해 주었다는 사실을 알지 못합니다. 큰 형이 명의로 소문이 나지 않는 이유는 바로 여기에 있습니다.

둘째형은 상대방의 병이 미미한 상태에서 그 병을 알고 치료해 줍니다. 그러므로 이 경우의 환자도 둘째형이 자신의 큰 병을 낫게 해주었다고 생각하지 않습니다.

그러나 나는 병이 커지고 환자가 고통이 심할 때가 되어서야 비로소 그 병을 알아봅니다. 환자의 병이 심하므로 그의 맥을 짚어야 했으며 진기한 약을 먹이고 살을 도려내는 수술을 해야만 했습니다. 그런데 사람들은 나의 그러한 행위를 보고서야 비로소 내가 병을 고쳐 주었다고 믿게 되었습니다. 내가 명의로 소문난 이유가 바로 여기에 있는 것입니다.”

이 설화는 현대를 살아가는 우리들에게 많은 교훈을 주고 있다. 굳이 병뿐만이 아니라 부대를 관리하고 조직을 관리하고 부하를 이끌어야 하며, 가정을 꾸리는 데에도 반드시 필요한 가르침이 아닌가 싶다. 옛말에 ‘호미로 막을 걸 가래로 막는다’는 속담이 있듯이 미리미리 준비를 하고 예방을 하면 그것이 최상의 지도자가 아니겠는가? 막상 일이 터지고 난 다음에 온갖 연줄을 대서 훌륭하게 일을 마무리하는 능력을 보여주는 것이 뛰어난 지도자가 아니다.

자기가 받을 복도 마찬가지이다. 미리미리 덕을 쌓아 놓고 복을 지어서 저축을 해놓아야 진정 자기가 필요한 때에 사용할 수가 있다. 막상 닥쳐서 손바닥이 닳도록 빌어봤자 역부족인 경우가 많다. 그러니 하루하루 앞서서 복덕을 쌓자! 미리미리 기도해 놓도록 하자.

편작의 이야기를 하나 더 하겠다.

편작에게는 연세 많은 아버님이 계셨는데 항상 천식(喘息) 때문에 고생을 했다. 기침이 매우 심하여 보통 고통스러운 것이 아니었다. 그런데 천하의 명의 아들 편작은 아버지의 천식은 거들떠보지도 않았다. 모른 척했던 것이다. 아버지는 무척 괘씸했지만 표현할 수가 없었다.

그러다가 어느 날 아들 편작이 외진을 나갔을 때 그는 편작의 수제자한테 은밀히 부탁을 했다. 그 수제자도 스승인 편작한테 배운 의술의 경지가 높아 천식쯤은 병도 아니었다. 며칠 후 편작이 돌아오자 그 수제자는 편작에게 자랑스레 이야기했다. 아버님 천식 병을 다 고쳐 드렸노라고. 그 말을 듣자 편작은 대성통곡(大聲痛哭)을 했다. 왜 그랬을까?

'일병장수(一病長壽)'라는 말이 있듯이 그의 아버지가 그토록 장수하는 이유가 바로 천식이라는 병 하나가 자리를 틀고 앉아 있었기 때문이라는 것이다.

인생에 있어서 병이나 고민, 고난 역경들이 없는 사람은 없다. 그것이 엄청 힘들고 버겁게 느껴질지 모르지만 사실 알고 보면 누구나 하나씩 들고 앉은 그 고민이 나를 긴장을 유지하고 살게 하는 생명의 끈일 수 있다는 것을 알아야 하는 것이다. 세상사 다 마음먹기에 달린 것이다.

지도자의 살신성인(殺身成仁)

부처님은 카필라국의 태자로서 태어났지만 그 자리를 버리고 수행자가 되셨다. 그 후 부처님의 아버지인 숫도다나왕을 이어서 카필라국의 왕이 된 사람은 '마하나마(Mahanama)'라고 하는 부처님의 사촌 동생이었다.

그런데 어느 날 불행히도 적의 공격으로 수많은 백성들이 죽게 되고 도시가 폐허가 될 위기에 몰리게 되자 마하나마는 상대편 왕에게 사정했다.

"내 백성들을 더 이상 죽이지 말아주시오. 하지만 만약 당신이 자비를 베풀 마음이 없다면 내가 강에 뛰어들어 그들을 대신하여 죽을 테니 나의 시체가 떠오를 때까지만이라도 그들이 도망할 수 있도록 하여주시오. 내 시체가 떠오른 다음에는 당신의 뜻대로 하시오."

상대편 왕은 비루다카(Virudhaka)라는 석가족에게 깊은 원한을 품고 있었던 잔인무도(殘忍無道)한 사람이었다. 그는 마하나마와 그의 백성들이 더 이상 도망갈 곳도 없으니, 마하나마 왕의 소원대로 왕으로서의 마지막 은 총을 백성들에게 베풀 수 있는 기회를 주고 기다리겠다고 대답하였다.

비루다카의 말이 끝나자마자 마하나마는 강물 속으로 뛰어들어 모습을 감추었다. 하지만 아무리 기다려도 그의 시체는 떠오르지 않았다. 기다리다 못한 비루다카가 사람들을 시켜 강바닥을 수색해 보게 하였다. 그랬더니 마하나마는 자기의 몸이 물 위로 떠오르지 않게 무성하게 자란 물속 물풀 뿌리에 자기 머리카락을 묶은 채 죽어 있었다고 한다. 그 모습을 직접 목격한 비루다카는 깊은 감화를 받고 그때까지 생존해서 달아나고 있었던 백성들을 더 이상 쫓지 않았다고 한다. 그래서 지금도 석가족 후손들은 옛 터전을 잃고 네팔 여기저기서 겨우 명맥만 유지하고 있는 실정이다.

네팔을 여행했을 때 나는 마하나마 왕이 뛰어들었다는 그 강물을 물어 물어서 찾아갔었다. 건기(乾期)라서 그런지 깊지는 않았지만 아주 폭이 넓은 강이었고 특히 그 장소에는 큰 연못처럼 물이 머물다 가는 인상적인 곳이었다.

자신의 목숨을 던짐으로써 그의 백성들이 도망갈 시간을 벌 수 있도록 한 마하나마는 내 머릿속에 영원히 잊혀지지 않는 가장 아름다운 '살신성인(殺身成仁)의 표상(表象)'으로 자리 잡고 있다.

이렇게 자신의 목숨을 희생하면서까지 백성들의 목숨을 끝까지 지켜내려 했던 마하나마, 참다운 지도자는 과연 어떤 모습이어야 하는지를 다시금 생각하게 해준다.

그대가 원하시는 대로

인도에서 중산층 이상을 위한 영화관은 흠잡을 데가 없을 정도로 훌륭하다. 그런데 더 흥미로운 것은 첫째, 관람료가 너무나 싸다. 아무리 최신작이라 해도 2000원에서 3000원 사이이다. 그래서 가족끼리 다 가서 봐도 우리나라 한 사람 요금이면 된다. 그리고 둘째, 최신작은 한국보다 빨리 상영된다는 것이다. 자막을 넣을 필요 없이 바로 상영하기 때문인 것 같다. 셋째, 관람료는 좌석에 따라 모두 다르다는 것이다. 넷째, 아직도 국가를 연주하고 상영하는 영화관도 많다는 것이다.

그 외에 또다른 특징은, 좌석은 플래티넘(Playinum), 골드(Gold), 실버(Silver)등이 있는데 제일 좋은 좌석이 플래티넘 좌석이다. 일반석의 거의 두 배가 된다. 그런데 플래티넘 좌석이란 게 영화관 한 중앙이 아니라 맨 뒷자리 몇 줄이다. 거기에도 더 비싼 좌석은 맨 뒷자리 한 줄이다. 맨 뒤

한 줄은 따로 만들어 놨는데 발을 자유로이 움직일 수 있도록 공간을 마련해 놓았다. 그것은 아마도 인도의 카스트문화의 일종이 아닌가 싶다. 그러니 그것을 아는 외국 사람들은 골드좌석 중앙을 요구한다. 돈도 저렴하고 관람하기도 좋기 때문이다.

세상의 법칙에 '황금율'이 있는데 그보다 더 훌륭한 '플래티넘 법칙(백금율)'이 있다는 것을 아는지. 세상을 사는 황금율이란 '대접을 받고자 하는 대로 남을 대접하라'는 것이다. 그 말의 기본 철학은, 모든 사람의 기본 욕구는 같다는 뜻이다. 그러므로 내가 대접 받고자 하는 대로 남을 대접하면 되는 것이다. 이것이 황금율이다.

내가 싫으면 상대방도 싫을 것이고, 내가 좋으면 상대방도 좋을 것이다. 내가 칭찬받기를 원하면 남을 칭찬하라, 그런 이야기이다. 또 모든 사람이 내게 대하여 제발 입방아 찧지 말고 침묵해 주기를 바라거든 너도 말하지 말라, 이것이 황금율이다.

그러나 이 백금율이란 그렇지 않다. 상대가 원하는 방식대로 그를 사랑하는 것이다. 이 말의 기본 철학은, 모든 사람의 욕구와 기본 성향이 각자 다르다는 것이다. 입맛이 다 다르고 취미가 다 다르고, 가치관도 이상도 다 다르기 때문에 부득불 우리는 내 생각을 버리고 상대방이 원하는 대로 그를 대하라는 것이다. 이것이 황금율보다 더 뛰어난 백금율이라는 것이다.

자기 수준에서, 자기 기호(嗜好)에 의해서 남을 대하지 말고 상대방의

수준과 입장, 그 욕구를 따라서 그 방법대로 내가 그를 사랑해야 되는 것
이다. 장사를 하는 사람들은 이 법칙을 일찍이 적용했다. 고객위주, 손님
이 왕이다, 소비자 중심, 민원인 우선, 고객만족 등이 그렇다. 우리도 부
대 내에서의 인간관계에서 이 백금율을 찾아갈 필요가 있지 않을까?

영국의 대문호 셰익스피어가 오랫동안 알고 지내던 친구의 집을 찾아갔다. 때마침 친구는 집에 없고 집안일을 책임지는 하인이 대신해서 그를 맞아주었다. 하인은 조금만 기다리면 주인이 돌아올 거라며 그를 거실로 안내했다. 그가 소파에 앉자 하인은 따뜻한 홍차 한 잔을 내왔다. 하인이 건넨 쟁반에는 기다리는 동안 간단히 읽을 만한 책 한 권까지 곁들여 있었다. 작은 배려에 감동한 그는 가벼운 고갯짓과 눈웃음으로 인사를 대신했다. 그 후 하인은 하던 일을 끝마치려는지 부엌으로 들어갔다.

한참을 기다렸지만 친구인 주인은 돌아오지 않았다. 남의 집 거실에 혼자 앉아 있는 자신의 모습이 머쓱해진 셰익스피어는 차(茶)라도 한 잔 더 얻어 마실 생각에 부엌으로 갔다. 그런데 부엌문을 연 순간 그가 발견한 것은 아무도 없는 부엌에서 혼자 양탄자 밑을 청소하고 있는 하인의 모습이었다. 그곳은 일부러 들춰보기 전까지는 더러운지 깨끗한지 알 수 없는 그런 곳이었다. 그런데도 하인은 누가 뒤에서 보는 것도 아니고 주인이 억지로 시킨 것 같지도 않은데 혼자 콧노래를 불러가며 양탄자 밑을 닦고 있었다.

그 모습을 본 후부터 셰익스피어는 사람들로부터 '인생의 성공 비결이 무엇이냐?'는 질문과 '누구로부터 가장 큰 영향을 받았느냐?'는 질문을 받을 때마다 이렇게 고백하곤 했다.

'혼자 있을 때에도 누가 지켜볼 때와 다름없이 행동에 아무런 변화가 없는 사람, 바로 그 사람이 무슨 일에서나 성공할 수 있는 사람이고 내가 가장 존경하는 사람이다.'

셰익스피어가 가장 영향을 받았다고 하는 사람은 이처럼 전혀 뜻밖의 인물이었던 것이다. 남의 눈에 상관없이 자기 할 일에 묵묵히 최선을 다하는 사람이 가장 존경받을 만한 사람이라는 것을 그는 깨달았다. 그런데 주위를 살펴보면 그런 사람들이 많을 것 같지만 의외로 적다.

불교에서는 '도량(道場)'이라는 단어가 있다. 도장(道場)이라고 써놓고는 도량이라고 읽는데 불도 수행을 하는 장소를 일컫는다. 스승들은 불도 수행을 하는 장소는 따로 정해진 곳이 없다고 말씀하신다. '처처도량(處處道場) 사사불공(事事佛供)이니, 자기가 서 있는 곳이 어디든 다 수행처(修行處)요, 자기가 하는 일 모두가 불공이다'라고 가르치신다. 이 세상 어디도 도량 아닌 곳이 없다는 말씀이다. 그러니 어느 곳 어디에서든지 한시도 마음이 흐트러지지 말고 깨어 있어야 한다. 세상만물, 세상만사에 한결같이 최선을 다해야 하는 것이다.

〈유마경〉에 보면 '발을 들고 내리는 동작까지도 도량으로부터 와서 부처님의 가르침을 실천하는 것이다'라고 한다. 그러니 어느 한 동작이라도 흐트러지거나 놓칠 수가 있겠는가? 그런 면에서 보면 세익스피어가 말한 내용은 참으로 큰 깨달음이고 훌륭한 성공비결일 수 있다.

오늘 하루를 되짚어 돌아보면 참으로 후회되고 안타까운 일들이 많았다. 말 실수도 많이 한 것 같고, 상대방의 감정을 다치게 한 경우도 있었던 것 같다. 조심하고 또 조심하리라 마음먹었는데 발을 들고 내리는 그 동작, 입 밖으로 내 뱉는 그 한마디를 놓치고 소홀히 하는 바람에 후회의 가슴을 친다. 반성이 깨달음의 시작이다.

3일을 안 보는 동안

〈삼국지(三國志)〉의 삼국시대는 오나라, 촉나라, 위나라가 서로 천하를 통일하겠다고 싸우던 시절이다. 그 시절 오나라에는 여몽(呂蒙)이라고 하는 무지막지한 장수가 있었다. 관우(關羽)가 이 장수에게 잡혀서 최후를 맞이했다. 그런 그가 요즘 관우를 잡아 죽인 혐오 인물에서 새로운 사고로 무장한 '디지털 시대'의 표본으로 각광받고 있다.

밥보다 싸움을 좋아할 정도로 용감무쌍했던 여몽은 연전연승의 공적을 세웠다. 그러나 오나라 왕 손권(孫權)은 여몽이 용감하기는 하지만 학문이나 교양이 없어서 큰 그릇이 되기에는 부족하다고 생각해 이를 타일러 보기로 했다.

"그대는 훌륭한 장수이긴 하지만, 더욱 성장하고 싶은 마음이 있다면 앞으로 좀 더 학문을 연마하고 자기 계발에 힘을 쓰면 어떻겠나?"

공부라면 공자만 들어도 머리가 어지러운 여몽인지라 적당히 얼버무려 빠져나가려고 했다.

"군무가 너무 바빠 책을 읽거나 공부를 할 시간이 없사옵니다."

그러나 여몽을 무척 아끼는 손권은 물러서지 않고 명을 내린다.

"학자가 되라는 것이 아니라 지휘관으로서 부끄럽지 않을 정도는 교양이 있어야 한다는 말일세. 바쁘기로야 나만큼 바쁜 사람이 어디 또 있겠는가? 그대는 젊고 머리도 나쁘지 않으니 열심히 공부해 주기 바라네."

이때부터 어쩔 수 없이 분발한 여몽은 수년 후에 오나라의 유능한 전략가로 성장을 했다. 그는 결국 새 시대의 젊은 영웅이 되었고, 당시 최고의 획기적인 정보통신 전략 '봉수대(烽燧臺) 전략'으로 무장해 시대의 아날로그 영웅 관우 시대를 마감케 하였던 것이다.

이렇게 몰라보게 달라진 여몽을 보고, 용감하기만 할 뿐 지혜가 없는 장수로 여기고 경멸해왔던 노숙(魯肅)이 칭찬을 하자 그는 지금은 고사성어가 된 '괄목상대(刮目相對)'라는 유명한 대답을 했다는 것이다.

"선비는 3일을 안 보는 동안 몰라보게 변하는 법이지요. 자주 눈을 비벼 살펴서 대하지 않으면 안 됩니다(士別三日 卽當刮目相對)."

그는 여기서 괄목상대하게 발전할 수 있는 기간을 겨우 삼 일에 두고 있다. 일취월장(日就月將)해 나가는 사람에게는 3일이면 충분하다는 것이다.

야운스님의 〈자경문(自警文)〉에 보면 '삼 일간 닦은 마음은 천 대의 트

력 가득 실은 보배처럼 귀하고, 백 년 동안 애써 모은 재산도 하루 아침의 티끌처럼 덧없다(三日修心 千載寶, 百年貪物一朝塵)'고 말씀하신 구절이 나온다. 3일은 이처럼 한 사람을 전혀 상상하지 못한 딴 사람으로 새롭게 태어나게 할 수도, 크나 큰 공덕을 쌓아 부처의 길로 가게 할 수도 있는 충분한 시간이 될 수 있다.

　　새는 두 날개로 날고 차도 좌우측 바퀴가 균형을 이루어 달리듯, 사람들도 항상 조화를 이루어야 훌륭한 사람이 될 수 있다. 이른바 문무(文武)를 겸비한 장수는 많지 않은 듯하다. 정(靜)과 동(動)을 겸비하고, 힘과 지혜를 동시에 지닌 자가 드문 것 같다. 어느 한 곳에 너무 치우치지 않고 균형을 이루는 지도자가 모든 이에게 골고루 존경받을 것이다. 자기의 부족한 점을 위하여 꾸준히 잠재역량을 키워가는 사람이 되자. 3일마다 놀랍게 변모하는 자신을 만들어 보자.

어느 사단 참모장실 벽에는 다음과 같은 멋진 붓글씨 액자가 걸려 있
었다. '水至淸則無魚(수지청즉무어)하고, 人至察則無徒(인지찰즉무도)니라.' 잉
어 몇 마리가 노니는 수묵화 위에 또박또박 쓰인 그 글은 온화하고 부드
러우면서도 모든 일을 훌륭하게 잘 처리해 내는 덕 있는 사무실 주인과
어우러져 좋은 인상으로 남아 있다.

'물이 너무 깨끗하면 고기가 없는 법이고, 사람이 너무 원리원칙을
따지고 완벽을 추구하다보면 따르는 무리가 없게 된다'는 말이다.

원래 이 구절은 중국 송(宋)나라 시대 이름난 신하들의 말과 행동을
기록한 책인 〈송명신언행록(宋名臣言行錄)〉에 나오는 유명한 구절인데 그
유래는 다음과 같다.

태종(太宗) 때 변하(卞河)라고 하는 곳의 관리가 물자를 훔쳐서 딴 곳에

팔고 있다는 상소가 올라온 것을 보고 태종이 주위 사람들에게 다음과 같이 말한다.

"맛있는 국물을 뺏어먹으려는 무리들을 조절하기는 어렵다. 그것은 마치 쥐구멍을 막으려는 것과 같아. 눈에 띄는 자만 잡으면 그것으로 만족해야지, 조금 물자를 빼돌린다고 해도 공적인 일에 지장이 없는 한 너무 엄하게 다그치지 말라. 관청의 물자가 막히지 않고 하천을 통해 운반되도록 힘쓰라."

곁에서 재상 여몽정(呂蒙正)이란 사람이 태종의 말에 찬성을 하며 다음과 같이 말했다고 한다.

"물이 너무 깨끗하면 고기가 없는 법이고, 사람이 너무 원리원칙을 따지고 완벽을 추구하다보면 따르는 무리가 없게 된다고 합니다. 큰 사람이 보면 하는 짓은 뻔한 일입니다. 큰 마음으로 대하여야 일이 잘 풀려 나갑니다. 옛날에 한(漢) 나라의 조참(曹參)이란 사람이 법률과

경제를 특히 신중히 관리한 것은 그것이 착한 일과 악한 나쁜 일을 잘 포용하였기 때문입니다. 여기에서 너무 지나치게 엄한 자세로 사람들을 대하면 실수를 하거나 잘못을 한 사람들이 몸둘 바를 모르게 될 것입니다. 이번 경우도 분부하신 대로 긁어 부스럼 내는 것 같은 일을 하지 않아야 합니다."

이 글의 내용이 '청수무어(淸水無魚)'라는 고사성어로 불리우고 있다. 노자의 〈도덕경〉에 나오는 '光而不耀(광이불요) 빛나되 눈부시지 않기를…'이라는 성어와 그 맥을 같이 한다고 볼 수 있을 것이다.

인생을 살면서 우리는 너무 지나치게 너그러워도 안 되고 지나치게 엄격해서도 안 된다. 양쪽을 알맞게 조율할 수 있는 중도(中道)의 길이 가장 좋은 것이다. 개성이나 고결함을 잃지 않고도 포용력과 유연미를 가지는 것이 마냥 어려운 일일까? 그런 인간미 넘치는 지도자가 필요한 세상이다.

향기로운 첫마디의 기적

"여러분은 혹시 오늘 아침 잠에서 깨어나서 했던 첫마디 말을 기억하십니까? 그리고 처음 일으켰던 마음을 기억하십니까? 어떤 단어, 무슨 마음이었죠? 기지개를 켜면서 낸 첫마디가 겨우 '아이고 죽겠다' 혹은 그 이상의 짜증스런 욕과 말, 게으른 마음들은 아니었나요?"

오늘의 그 첫마디, 첫 생각과 첫마음은 바로 자신의 삶의 척도다. 마지못해 살고 있거나 공격적으로 짜증스럽게 하루하루를 살고 있는 삶의 무의식적인 발현이다. 그래서 절에서는 새벽에 깨어나 세면과 양치를 하고 법당에 올라가 예불을 드리기 전까지는 묵언(默言)을 한다. 왜냐하면 하루의 첫 마디는 깨끗한 입으로 찬탄과 찬양과 축원, 존경에 가득 찬 예불의 말로써 시작해야 하기 때문이다. 그래야 하루가 즐겁고 기쁜 일들이 생기게 되며, '날마다 좋은 날(日日是好日)'이 열린다는 것이다.

구름이 많이 모이게 되면 바람이 불고 천둥번개가 치거나 비가 내리게 되는 것처럼 부정적인 생각과 짜증, 우울한 생각과 말이 내 온 몸에 가득하면 좋지 않은 일들이 겹쳐서 생기게 마련이고, 찬탄과 찬양, 찬송, 칭찬이 내 입과 몸에 가득하면 자석에 쇳가루가 모이듯 좋은 일들이 저절로 생기게 된다는 것이다. 그래서 무심코 내뱉는 말, 생각까지도 조심(操心)해야 한다.

이전부터 동네 꼬마들이나 어른들이 마술을 한번 멋지게 부릴 양이면 항상 '수리수리 마수리 얍!'이라는 주문(呪文)을 외고 자신이 만든 마술을 선보였다. 아마도 '수리수리 마수리'라는 주문이 '마술(魔術)'이라는 단어가 만들어내는 흥겨운 곡조인 '술(術)이 술(術)이 마술(魔術)이'와 아주 흡사하기 때문인 것 같다.

그런데 원래 '수리수리 마하수리 수수리 사바하'는 모든 불경을 독송할 때 서두에 낭송하는 의식문인데, 그 뜻은 '훌륭하십니다. 훌륭하십니다. 대단히 훌륭하십니다. 참으로 지극히 훌륭하게 되십시오'라고 하는 찬양과 찬탄, 칭찬과 축원의 말의 반복이다. 이 구절이 경전독송의 서두를 이루는 이유는 훌륭한 성전을 독송함에 있어 먼저 내 입을 향기롭게 해야 하기 때문이다.

욕이나 저주로 가득한 입에서 독송되는 성전(聖典)은 은혜로움이 충만할 수 없기 때문이다. 그래서 이러한 찬양의 구절의 반복인 주문은 샤머니즘의 주술(呪術)과는 다른 것으로 주문(注文)과도 같은 것이다. 우리가 식당이나 가게에 가서 자기가 원하는 것을 주문하면 그 주문대로 갖다 주듯, 어떤 주문(呪文)을 자주 외면 반드시 그 주문대로 이루어지고 보이는 것이다.

주문은 특별난 것이 아니라 우리가 매일같이 몇 번이고 반복되게 외우는 말들도 주문이 될 수 있다. 그런데 우리는 매일같이 엉뚱한 주문을 반복하고 있다. '미치겠네' '미워 죽겠네' '바보, 멍청이' 등 아무 생각 없이 반복하는 그 소리들은 자기 인생의 주문(注文)이 되어 자신의 인생을 그렇게 차려지게 하고, 남에게 하면 남의 인생이 그렇게 배달되게 한다.

그러므로 '매일 아침의 첫마디가 당신의 운명을 얼마나 크게 좌우하는가' 하는 것을 명심해야 한다. 매일 부르는 찬탄과 찬양, 축원과 칭찬의 말이 여러분의 인생을 얼마나 기적처럼 바꾸어 주는가를 깨달아야 한다.

스티그마 효과

　　대학을 다닐 때 학교 기숙사 1층에는 아담한 법당이 마련되어 있었
다. 사생들은 하나같이 새벽에 일어나 법당에서 예불을 드려야 했는데,
그 곳 입구에는 한문으로 쓴 달필(達筆)의 액자 하나가 걸려 있었다. 법당
을 출입할 때마다 자연히 그 글을 한 번씩 읽게 되는데, 다음과 같은 내용
이었다.

　　죽영소계진부동(竹影掃階塵不動)
　　월천담저부무흔(月穿潭底不無痕)
　　대나무 그림자 섬돌을 쓸어도 먼지하나 일지 않고,
　　달빛이 연못 바닥을 꿰뚫어도 흔적하나 남지 않네!

비교적 어린 나이이였음에도 이 문장이 왜 그렇게 마음에 들었었는지 모르겠다. 나중에 알고 보니 야부도천(冶父道川)이라는 스님의 시 한 구절이었는데, 상황과 장소에 따라 부화뇌동(附和雷同)하지 않는 무애자재한 해탈인의 한 경계를 이야기하고 있는 듯하다. '나는 언제 저런 경지에 오를 수 있을까' 라는 생각을 당시에도 했던 것 같다. 그러나 이러한 마음의 단계까지 올라가기란 참으로 쉽지 않다. 대부분의 사람들은 먼지가 폴폴 날리고 흔적이 어지럽기 때문이다.

헬라어인 '스티그마(stigma)' 는 '흉터, 낙인, 흔적' 이란 뜻을 가지고 있다. '피그말리온효과' 라는 것이 '긍정적인 기대를 가지면 상대방도 긍정적으로 변하는 것' 이라면 '스티그마 효과' 는 그 반대이다.

예를 들어 "네가 하는 게 늘 그렇지 뭐!", "네가 할 줄 아는 게 도대체 뭐니?", "너는 왜 늘 그 모양이냐?"라는 식으로 말한다면 상대방은 늘 하는 게 그 모양이 되고 할 줄 아는 게 없는 무기력한 사람이 되어 간다는 것이다. 어느 한 사람을 지목하여 "오늘 얼굴이 영 안 돼 보이네! 어디 아픈가?"라고 만나는 사람마다 이야기하면 그 사람은 어느 순간 정말로 얼굴에 그림자가 지고 침울해지게 된다. 정말 아픈 사람이 된다. 이렇게 나쁜 말과 행동, 염파 등에 의해서 사람의 마음에 상처를 남기고 삶에도 영향을 끼치는 것이 '스티그마 효과' 라는 것이다.

그러므로 옆에 있는 가족과 친구가 진정으로 잘 되기를 바라는 마음을 내게 되면, 그들은 정말로 잘 될 것이다. 반면에 잘 되기를 바라면서도 부정적인 언어를 쏟아내면 부정적 언어가 흔적을 남겨 그 일이 부정적으로 이루어질 것이다. 여물기 전의 꿈과 마음은 작은 부정적인 언행과 염파에도 쉽게 부서지게 마련이다.

내가 아끼고 사랑하는 사람들이 위대한 부처님처럼, 훌륭한 보살님들처럼 살아가기를 바라는가? 그렇다면 지금 내가 그들을 그렇게 대접하면 그렇게 된다. 만약 내가 아끼고 사랑하는 사람들을 별 볼일 없는 사람들로 대접한다면 그들은 결국 별 볼일 없는 사람들이 될 것이다.

나는 기도 때마다 삼배를 드리는 마지막에 꼭 이렇게 축원하는 것을 원칙으로 삼고 있다.

'오늘 이 곳에 참석한 모든 이들, 제가 아는 모든 이들, 그들이 지닌 간절한 소원들을 반드시 이루어지게 해주시고 부처님처럼 위대한, 보살님들처럼 훌륭한 인물들로 거듭 태어나게 만들어주옵소서!'

쌓이는 모든 것은 병이 된다

'암(癌)'이라는 글자를 글자 그대로 풀이를 해보면 흥미롭다. 이 글자에는 '병들어 누울 녁(疒)'에다 '물건 품(品)', 그리고 '뫼 산(山)'자가 함께 어우러져 있다.

말하자면 갖가지 물질들이 몸 속에 산더미처럼 쌓여서 생기는 병이라는 것이다. 우리의 몸이 요구하는 것 이상으로 많이 받아들이게 되면 쌓이게 되고, 그러면 몸의 독이 되어 병들게 된다는 의미인 것 같다. 폐암 하나만을 보더라도 담배연기나 분필가루 혹은 음식 태운 연기 등이 과다 집적되었을 때 이 병이 주로 생기게 되는 것이다.

꼭 필요한 만큼의 양만을 먹고 생활하면 될 터인데 너무 많이 섭취하다 보니까 다이어트다 뭐다 해서 시끌벅적하게 되는 것이다. 그것이 계속 쌓이다 보면 결국 암으로까지 발전하게 된다. 예전에는 북한이나 아프리카 등에서 볼 수 있듯이 뭔가 부족해서 병이 생겨났었다. 그러나 지금은 거의 대부분이 과다(過多)로 생기는 병이다. 그러니 제발 비워내야 하고 처음부터 쌓아 놓지를 말아야 한다. 몸에 좋으라고, 건강하라고 가려서 비싼 것만 먹는데도 도리어 병을 만들고 있다면 이는 얼마나 어리석은 짓인가?

몸의 병은 꼭 물질적인 것만 많이 쌓였다고 생기는 것은 아닌 것 같다. 화를 너무 오래 머물게 해도 병이 생긴다. 한자를 뒤적여 보면 '열병(熱病) 진(疢)'이라는 글자가 있는데 이것이 바로 화를 너무 품고 있어서 병이 생기게 되는 모습을 표현해 놓았다.

정신적인 것도 마찬가지로 너무 쌓아 두게 되면 병이 생기게 된다. 한 곳에 마음이 머물러 쌓이는 집착(執着)은 물질적인 부분 못지않게 큰 병이 된다. 몸도 마음도 머무는 바 없이 흘러야 한다. 쌓아 놓지를 말아야 한다.

병에 관련된 한자 부수인 '병들어 누울 녁(疒)'과 어우러져 만들어진 한자에 또 재미있는 글자가 있다. 바로 '어리석을 치(痴)' 자다. 아는 게 병들어 있는 것(疒+知)이니 어리석음의 병인 것이다.

불가에서는 '모르는 것(無明)'이 가장 큰 병이라고 한다. 그러나 안다고 하더라도 그것이 지혜(智慧)로 승화하지 못하고 지식으로만 남을 때 그것은 결국 병이 되고 만다. 많이 알수록 깨달아지고 성인군자가 된다면 세상의 박사들은 다 성인군자가 되어야 하는 것이다.

그러나 그렇지 않다. 그래서 큰 절에 가면 일주문에 다음과 같은 경고문구가 씌어 있다. '입차문내 막존지해(入此門內 莫存知解)' 그 문을 딱 들어서게 되면 세상사에서 쌓은 모든 알음알이들일랑 다 비우고 들어오라는 것이다. 그래야 지혜와 진리를 채울 수 있다는 것이다.

그런데 지금까지 설명한 치(痴) 자는 원래 동음의 '치(癡)' 자의 속어(俗語)라고 한다. 원래 치(癡) 자는 글자 그대로 너무 의심(疑心)이 많으면 믿지 못하고 불안하기에 병에 걸린다는 뜻이다. 그래서 불교에서는 의심과 알음알이로 인해 생기는 병을 고치기 위해 반야(般若) 즉, 지혜(智慧)를 갖기를 매일같이 권유하는 것이다.

건강하고 행복하게 오래 살려고 하는 것은 모든 사람들의 소망이다. 그러기 위해서는 물질적인 것이든 욕심적인 것이든, 성냄이든 어리석음이든 쌓아두지 말고 잘 내다 버려야 하는 도리를 알아야 한다. 필요 없는 것은 빨리 내다 버리고, 필요한 것들도 널리 보시(布施)하고 회향(迴向)하여 나누는 것이 진정한 행복의 지혜이다.

도로시의 구두

뜻하지 않은 때, 뜻하지 않는 곳, 뜻하지 않는 사람에게서 감동을 받은 적이 제법 많다. 그 중에서 가장 강하게 남아 있는 감동은 지금으로부터 약 15년 전, 강원도 철원 공병대대 어느 말년 병장의 모습에서였다. 당시에는 기억했지만 그 병장의 이름을 지금 떠올릴 수 없다는 것이 나에게는 상당히 아쉬운 일이다.

그 때 마침 부대 야외 화장실을 짓고 있었는데 땅을 파면 팔수록 물이 나오는 것이 아닌가. 장소는 바꿀 수 없는 조건이고, 물이 나더라도 강행해야만 할 처지였다. 어느 정도 작업을 하고 귀대했다가 다음 날 아침에 오면 물이 또 그득한 것이다. 누구 하나 선뜻 작업을 시작할 엄두가 안 나 다들 입이 한 주먹씩 나왔다. 그럴 때마다 "자 작업 시작하자!"며 그 속으로 풍덩 뛰어드는 이가 있으니 최고참 병장이었다. 완공이 급한 나로서는 얼마나 고마웠는지 모른다.

그런데 물 속에서의 공사를 극복하고 이제 비교적 좀 편안한 공사가 시작되었는데 그 병장이 안 보이는 것이었다. 병사들에게 물어보니 그저께 전역을 했다는 것이다. 당시만 하더라도 병장 말년이 되면 작업을 나와도 혼자 그늘에서 쉴 수 있었던 그런 시절이었다. 그런데 다들 꺼려하고 힘들어하는 일을 앞장서서 모범을 보였던 그 병장, 정말 감동적이었다.

또 근래 큰 감동을 준 이는 나를 보좌해 주던 군종병이었다. 지난 부처님오신날 행사를 앞두고 전역한 그는 부모님 허락 하에 무려 16일을 더 근무해 주고 귀가했다. 4~5일 또는 일주일 정도는 부대 사정에 따라 더 근무해 주는 병사들이 있기는 한데, 이 또한 보통의 결심이 필요한 것이 아니다. 내가 미담사례로 국방일보에 취재를 청하겠다고 해도 얼마나 손사래를 치는지 결국 상무대내에서 아는 사람만 아는 훈훈한 감동으로 남겨 두고 전역했다.

부대 내에서 잔잔한 감동의 사례를 찾으려면 〈법요집〉 맨 뒷장을 살펴보길 권한다. 후방에서는 덜하지만 전방에서는 병사들이 법회 시간에 남긴 글들을 한번씩 뒤적여보는 재미가 쏠쏠하다. 때로는 법회에 대한 불만도 있고, 현실에 대한 체념적인 글도 있고, 쓸데없는 낙서도 있지만 대부분 젊은이들의 고뇌와 소원들이 응축되어 있는 인생을 생각하게 하는 글들이다. 그 중 다음의 글은 약 10년 전쯤 '오즈의 마법사' 라는 TV 만화영화가 상영되었던 시절, 이름 모를 훈련병이 후배 기수들에게 남긴 짧은 글이다.

제목 : 『도로시의 구두』

누구나 한번쯤은 '오즈의 마법사' 라는 영화나 연극, 만화 등을 보았을 것이다. 거기 나오는 '도로시의 구두'를 기억하는지. 집으로 돌아가기 위해 온갖 고난의 길을 걸어가서 얻어온 도로시의 구두. 뒤꿈치를 세 번 두드리자 도로시는 드디어 따뜻하게 반겨주는 가족 곁으로 돌아갈 수 있었다.

하지만 군대나 인생에는 도로시 구두 따윈 없다. 도로시의 구두는 고난의 길 끝에 선 자의 것이 아닐까? 아직 우리는 고난의 길 끝에 서보지는 않았다. 그 구두는 고난의 길에서 회피하고 도망가고자 사용하는 구두가 아니다. 고난의 길을 잘 극복하고 그 결과의 끝에 얻어지는 것이라 본다.

후배들이여! 멀고 멀게만 여겨졌던 퇴소가 얼마 앞으로 다가왔다. 힘들고 고달팠던 훈련병 생활! 여러분들도 조금만 참고 견디면 그 날이 올 것이다. 부대에 들어왔을 때 첫마음을 굳게 다지고, 하루하루 열심히 생활하고 예불 열심히 드리길 바란다. 나의 말이 여러분에게 조금이나마 도움이 되길…….

꼭 '오즈의 마법사'를 읽거나 보지 않았더라도 누구나 한번쯤 주인공 도로시의 구두와 같은 '마법의 열쇠'를 갖기를 꿈꾼다. 그러나 우리에겐 절대 도로시의 구두와 같은, 모든 것을 해결해 주는 그 어떤 마법도 없다는 것을 깨달아야 한다는 내용이다. 이 훈련병이 이야기했던 것처럼 진정 우리 앞에 있는 '도로시의 구두' 란 나에게 주어진 고난과 역경을 잘 넘기고 난 다음 '마지막에 그 결과물로 얻어지는 그 무엇' 일 따름이라는 것을 명심하자.

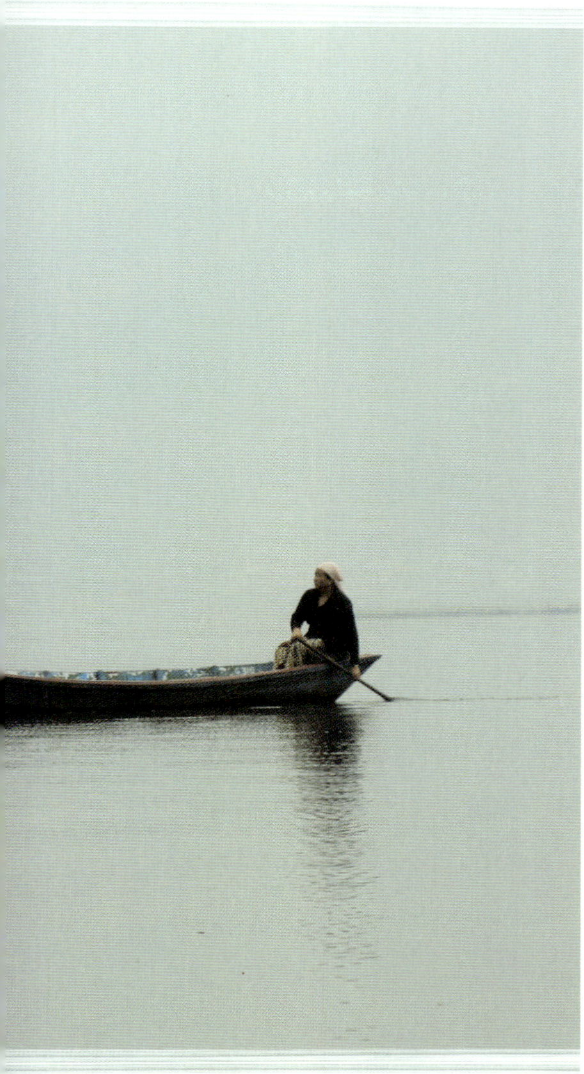

普鏡
보경

아이들이 들판에서
모래로 탑을 쌓거나

손톱이나 나뭇가지로
부처님을 그리거나

기쁜 마음으로
부처님을 찬탄하거나

한 송이 꽃으로
부처님 앞에 공양하거나

불상 앞에 나아가
합장하여 예배하거나

산란한 마음으로
한 번만 염불하더라도

그와 같은
인연들이 모여
성불 인연을 맺는다.

〈법화경〉

오늘이 남아 있는 인생 최초의 날이다

불교에서 깨달음을 구하고자 하는 마음이 처음 일어나는 것, 혹은 그 마음을 초발심(初發心)혹은 초심(初心)이라 한다. 초심은 초발심을 줄인 말이다. 흔히들 말하는 '초심을 잊어서는 안 된다' 는 가르침은 수행자에게뿐만 아니라 누구에게나 적용되는 가르침일 것이다.

벌써 오래전의 일이다. 어색하고 두렵기만 했던 불문(佛門)에 처음 들어왔을 때, 당시 나의 은사스님은 산과 같은 위엄을 갖추신, 마치 거인(巨人)과 같은 분이셨다. 처음 입산한 그 날 저녁, 은사스님께서는 무릎 꿇고 앉아 있는 나에게 '초발심시변성정각(初發心時便成正覺); 처음 마음을 낸 그 마음이 바로 깨달음을 이룬다' 라는 〈화엄경(華嚴經)〉 말씀을 간곡하게 일러 주셨다.

갈색 행자복을 입고 행자생활을 하며 몇 번이고 곱씹었던 이 초심의 다짐은 아무리 힘들고 어려웠던 일들도 웃으며 어렵지 않게 받아들일 수 있었던 큰 힘이 되었다.

이른 새벽부터 걸레질, 도량청소, 대중운력, 음식 만들고, 상 차리고 치우는 일 등 정말 정신없는 시간들을 보냈었다. 새벽 예불 때마다 쏟아지는 졸음은 얼마나 나를 힘들게 했던지.

군대 군기보다 더 엄하다는 산중의 법도가 잔뜩 나를 주눅 들게 만들곤 했었다.

사실 그때는 좀 불안한 구석도 없진 않았다. 그래도 한번 열심히, 제대로 해보자는 마음이 들었다. 도량 내에서의 한 걸음 한 걸음이 그저 조심스럽고 모든 것이 마냥 어렵게만 느껴졌지만 그래도 은사스님의 말씀만 순진하게 따르면 되려니 싶어 숨죽이며 나름대로 최선을 다했다.

그런데 시간이 지나면 지날수록 처음 먹었던 그 마음이 점점 희미해져만 가는 것 같다. 작심삼일이라 했던가. 주지 직을 맡고 있는 요즈음의 나는 예전의 그 초심을 잃고 게으름만 피우는 수행자가 되어 있는 것은 아닌가 싶어 내심 부끄러울 때가 한두 번이 아니다.

사실 시간이 지나면서 절 생활에 익숙해졌다는 핑계로 게으름을 피우고 여유를 부리던 동안 그 시간들이 재미있고 즐거웠는가 하면 그것도 아니었다. 솔직히 내가 자신을 되돌아보니 뭔가 불안하고 속 시원히 풀리지 않는 뭔가가 항상 느껴지곤 했다. 차라리 행자시절 그저 가르침대로 열심히 살며 모든 일에 전념하던 편이 꿈같은 시절이었다. 그때는 정말 최선을 다 했다. 힘들어도 힘든 줄 모르던 시절이었다.

누구나 처음 시작할 땐 새로운 마음을 먹고 최선을 다하고자 애쓴다. 그러나 시간이 지나면 지날수록 타성에 젖고 자기 자신에게 관대해져 버리게 되는 것 같다. 자신에게 엄하고 남에게 관대해야 하거늘 시간이 지나면서 나는 오히려 나에게 관대하고 남에게 엄한 잣대를 들이대는 사람으로 변해져 가고 있었다.

초심을 계속 이어나가는 동안은 고통도 즐거움이었다. 진정한 즐거움이란 그저 편히 쉬는 것이 아니었던 것. 초심을 잊지 않는 한 모든 것이 즐겁게 느껴질 수 있고, 힘들고 어려운 일들이 그렇지 않게 받아들여지게 된다.

첫 날갯짓을 배우는 작은 새처럼, 걸음마를 시작하는 아이처럼, 열심히 최선을 다하는 모습은 얼마나 아름다운가?

초발심시변성정각(初發心時便成正覺)이라. 새삼스레 행자시절이 그리워진다.

쉽게 살아가려는 어리석음

불교에서는 우리가 살고 있는 이 세상을 '사바세계(娑婆世界)'라고 부른다. 이를 한문으로는 '감인국토(堪忍國土)'라 새기는데, 참고 견디어 가며 살아가야 할 세상이란 뜻이다. 바라는 것 많고 원하는 것 많은 이 세상이기에 우리는 어떻게 하면 보다 쉽고, 어떻게 하면 보다 편하게 원하는 것을 얻을 수 있을까 고민하며 살아간다.

그러나 이 세상에 그냥 얻어지는 것이 있을까. 참고 견디며, 힘들고 어렵게 노력하며 얻어내어야 진정한 내 것이고 그렇게 사는 것이 세상의 이치에 맞게 살아가는 것이다. 흔히 세상 사람들이 말하기를 '이 세상의 모든 위대한 것, 보람 있는 것, 가치 있는 것은 모두 노력의 산물이요 피땀의 결과다'라고들 말한다. 그러나 우리들은 입버릇처럼 그 말을 해오면서도 과연 얼마만큼 이를 실천에 옮기려고 노력했었는가 반성해 보지 않으면 안 된다.

사람들은 저마다 심은 대로 거두게 된다. 많이 심으면 많이 거두고 적게 심으면 적게 거둔다. 아무것도 심지 않으면 아무것도 거둘 것이 없게 되는 것은 당연한 이치가 아닌가. 콩을 심으면 콩을 거두고 팥을 심으면 팥을 거두는 법. 콩을 심었는데 팥을 거두는 일은 없고 팥을 심었는데 콩이 날 까닭이 없다. 그런데 우리는 콩을 심고 팥을 기다리는 어리석음을 범하고 있다. 요즘 우리들 주변의 많은 이들은 인생을 너무도 쉽게 살려고 한다. 쉽게 노력 없이 성공할 수 있다는 헛된 꿈에 사로 잡혀 있고, 정성과 수고의 땀을 흘리지 않고도 성공할 수 있고 행복할 수 있다는 허망한 논리에 사로잡혀 있다.

뭔가에 열중할 수 있다는 것만큼 행복하고 또 그 사람이 아름답게 보일 때가 없다. 야구장의 투수가 가장 아름다워 보일 때는 바로 마운드에 올라 공 하나하나에 최선을 다하는 전력투구(全力投球)의 모습을 보일 때이다. 공사장에서 굵은 팔뚝으로 힘껏 일을 하다 잠시 흐른 땀방울을 닦는 모습은 그 어떤 모습보다 아름답다. 그 자리에서 최선을 다하는 것이 가장 멋지고 아름다운 모습인 것이다.

단 한 송이의 꽃도 결코 그냥 피어나는 것이 아니기에 인생의 꽃, 삶의 열매를 얻기 위한 정성과 노력을 얼마나 기울여야 하는지 모른다. 꽃밭을 갈고 씨앗을 심고 거름을 주고 물을 주고 잡초를 뽑아주며 벌레를 잡아 주어야 한다. 이러한 수고가 없을 때 꽃밭에는 잡초가 무성하고 벌레가 들끓어서 꽃은 피지도 못한 채 시들어버리기 마련이다.

인생은 결코 쉽게 살아지는 것이 아니다. 쉽게 살아지는 인생은 행복할 수도 없고 또 행복하다고 해도 결코 오래 갈 수 없다는 사실을 알아야 한다. 공든 탑이라야 무너지지 않는다. 나의 땀으로 쌓은 성공이 확실하고 나의 땀으로 건실한 행복이 오래가고 나의 땀으로 이룩한 인생이 참되고 알찬 것이다.

러시아의 대문호 톨스토이는 그의 소설 〈바보 이반〉에서 '일을 많이 해서 손에 굳은살이 박힌 사람이 식탁의 제일 상좌에 앉아서 따뜻한 밥을 먼저 먹을 수 있다' 라고 말하고 있다.

공든 탑이라야 무너지지 않는 법. 인생은 결코 쉽게 살아지지 않는다.

인생의 시나리오는 자신에 의해서 결정된다

내 스스로 지어서 내 스스로 받는 법, 바로 자업자득이라. 자신이 행한 행위는 반드시 자신에게 돌아온다. 선인선과(善因善果)요, 악인악과(惡因惡果)인 것이다.

불교에서 항상 강조하고 있는 이 인과응보의 이치를 모르는 이는 없을 것이다. 그러나 일상을 살아가다 보면 이게 말처럼 그리 쉽게 되질 않는다. 어렵고 힘든 일이 닥치면 나를 살피기보다는 항상 밖에서 원인을 찾고 화를 내거나 남을 탓하는 경우가 많다.

우리들은 다른 사람들의 불행이나 실패를 일러 자업자득이라고 하거나 천벌을 받았다는 등 주로 나쁜 의미로 자업자득이란 말을 쓰곤 한다. 그러나 본래의 의미를 잘 살펴보면 사실 자업자득에는 좋은 의미가 더 많이 담겨 있는 말이라는 것을 알 수 있다.

모든 일에는 원인과 결과가 따르기 마련이다. 잘 되면 내 탓이고 안 되면 남을 탓하는 나쁜 습관이 우리에게는 따라다닌다. 좋지 않은 일이 일어났을 때 그 원인이 어디에서 비롯되었는가를 냉정히 살피고 나 자신을 추스르는 계기로 삼는다면 그 일은 오히려 성숙과 발전의 계기가 된다. 그러나 어리석은 이는 모든 탓을 밖으로만 돌린다. 이유가 많다. 그러다 보면 오히려 더 힘들고 더 어려운 처지로 빠져드는 경우가 많다.

사실이 그러해서 그렇다면 그것이 사실이니 화낼 것 없고, 사실이 아닌데도 그렇게 되었다면 그것은 사실이 아닌 것이니 화내거나 짜증을 낼 필요가 없는 것이다. 지혜롭고 현명한 사람은 칭찬과 비방 어디에도 흔들리지 않는 법이다. 눈 앞에 드러난 결과에 대해 오히려 겸허해지는 것이다.

얼마 전 병원에서 중증환자들의 마지막 임종을 돕는 호스피스로 근무하고 있는 분의 이야기를 듣고 많은 생각을 하게 되었다.

'사람은 살아온 것과 같이 죽어간다' 라는 것이 그분의 이야기다. 바꿔 말하면 인간은 살아 왔던 모습처럼 죽어갈 수밖에 없다는 것이다. 병원에서 임종하는 많은 사람들 중 당당하고 착실하게 살아왔던 사람은 마음을 단단히 먹고 살아온 것과 같이 의연하게 죽음을 맞이하는 데 반해, 누군가에게 의존하고 매달리며 살아왔던 사람은 의사나 간호사에게 안타까울 정도로 애걸하며 의존하다가 죽음을 맞이한다는 것이다. 주변의 사람들에게 늘 감사하며 살아왔던 사람은 임종의 순간에도 병원의 주변사람들에게 감사하며 죽어간다고 한다.

어찌 보면 지은 업대로 살다가는 삶의 모습이 그대로 드러나는 것이 아닐까 싶다. 내가 어떻게 죽을 것인가가 궁금하다면 지금 내가 어떤 마음으로 어떻게 살아가고 있는가를 살피지 않으면 안 된다.

기쁨도 슬픔도 내가 짓고 내가 만드는 것. 항상 어진 마음으로 좋은 인(因)을 심도록 해야 한다.

길에 서서 길을 묻는가

'내일의 나의 모습을 궁금해 하지 말라. 어제의 내 행위와 생활에 의해서 오늘의 나의 모습이 결정되는 것이며 오늘의 나의 삶의 결과가 바로 내일 그대로 나타날 것이다.'

대승불교의 정수라 일컬어지는 〈법화경〉에 나오는 구절이다.

이는 오늘 내가 어떻게 살아가느냐가 바로 내 미래의 모습을 결정해 나간다고 하는 말씀일 것이다. 우리는 내일의 삶을 언제나 걱정하면서도 당장 오늘의 삶을 어떻게 꾸며갈 것인가에 대한 모색과 고민은 부족한 것이 사실이다.

언젠가 어느 스님께 '길에 서서 길을 묻지 말라'는 말씀을 들은 적이 있다. 세상을 살아나가면서 어떻게 살 것이냐의 문제와 어디로 갈 것이냐 하는 문제는 참으로 우리를 힘들게 만들곤 한다. 하지만 어쩌면 우리는 길 위에 서서 길을 묻고 있는지도 모른다는 생각이 든다.

우리들 앞에는 이미 많은 길이 놓여져 있다. 남편의 길, 아내의 길, 또 부모님의 길, 자식의 길, 제자의 길, 스승의 길 등 각각의 모습마다 다 나름대로의 의미가 있고 가치가 있는 일들이다.

우리가 흔히 도인(道人)이라고 하면 대단히 큰 수행이나 능력을 지니고 있는 사람으로 생각하기 쉽지만 어쩌면 진정한 도인이란 각자가 가고 있는 길에서 최선을 다하며 묵묵히 걸어가고 있는 사람들이 아닐까? 그것이 바로 도인의 길인 것이다. 내가 해야 할 나의 몫과 역할을 온전히 다 하는 모습이야말로 가장 좋은 길을 가장 잘 가는 것이 아닐까?

흔히들 우리는 겉으로 드러나는 멋에는 많은 관심을 갖고 외모의 치장에는 노력과 정성을 아끼지 않으면서도 내면의 품성을 가꾸는 데는 소홀한 경우가 많다. 외면의 성장이나 발전에는 적지 않은 투자를 아끼지 않으면서도 과연 내 인격의 성숙과 정서의 메마름을 치유하기 위해 어떠한 일들을 해왔는가 스스로를 반성해 볼 일이다.

어렵고 힘들게만 느껴지는 일상생활 속에서도 자신의 지금 현재 모습을 살피고 앞으로 나아가야 할 방향과 길을 살펴야 한다. 나는 누구이며, 나는 어디에서 왔으며 나는 지금 어디에 있으며, 나는 지금 어디를 향해 나아가고 있는가를 살필 수만 있다면 바로 당신이 도인이다.

석가모니 부처님께서는 길에서 태어나 길에서 깨달음을 얻으셨고 평생 길에서 그 깨달음을 전하시다가 마침내 길에서 열반에 드신 분이다.

항상 우리와 함께 계셨고 항상 우리와 함께 가신 분이다. 부처님의 열 가지 이름인 여래십호(如來十號) 가운데는 선서(善逝)라는 이름이 있다. 피안의 언덕으로 나아가신 분이라는 뜻이다.

우리도 나아가야 한다. 수행과 정진을 너무 멀리만 생각해서는 안 된다. 말 한마디, 마음가짐 하나 행동거지 하나가 바뀌어져 나갈 때 성불의 길이 드러나는 것이다. 가고, 가고 가는 가운데 행하게 되고 행하고, 행하고 행하는 중에 마침내 깨닫게 되는 법이다. 우리네 삶과 생활 속에서 어떻게 하면 제대로 부처님의 가르침을 드러낼 수 있는가를 고민해 봐야 하지 않을까?

생활불교가 따로 있는 것이 아니다. 생활이 곧 불교가 되어야 하는 것이다.

ARE YOU HAPPY?

몇 해 전 북인도의 비하르 지방 골동품가게에서 자그마한 불상(佛像) 조각을 만날 수 있었다. 오석(烏石)에 정교한 솜씨로 문양을 새겨 넣은 석가모니 고행상(苦行像). 한눈에 마음에 들어 가격을 흥정했다.

터어반을 머리에 두른 배불뚝이 주인장이 제시한 첫 가격은 50달러. 섬세한 솜씨에 비해 그다지 비싼 가격은 아니었지만 인도의 바가지 상혼에 이골이 날 대로 나 있었던지라 무조건 깎기 시작했다. 몇 번의 실랑이 끝에 마침내 30달러에 합의를 보고 너무도 뿌듯한 마음으로 그 불상을 손에 넣을 수 있었다.

그 골동품가게의 주인도 흡족해 하는 내 모습을 보고 따라 기뻐하며 "Are You Happy?"를 연신 남발하는 것이었다. 기쁘지 않을 이유가 없었다. "O.K. Very Good. I am Happy." 짧은 영어가 술술 나왔다. 한국

돈으로 3만원 남짓한 가격에 이런 조각상을 구할 수 있다는 것은 거의 불가능했기 때문에 마음마저 들떠 몇 번이고 주인장과 악수를 나누고 콧노래 흥얼거리며 호텔로 돌아왔다.

그런데 저녁 무렵, 다른 방향으로 산책을 나갔던 동료가 돌아와서는 똑같은 조각을 다른 가게에서 10달러에 구했다며 자랑하는 것이었다. 그 이야기를 듣는 순간 기쁘고 즐거웠던 마음은 일순간에 사라지고 분노와 배신감만이 남아 도저히 참을 수가 없었다. 인도에서 20달러 차이는 엄청난 가격이기에 더욱 실망이 컸다. 아무리 인도가 바가지가 심하기로서니 친절하게 'Are You Happy?'를 남발하던 그 인도인이 이렇게 속일 수가 있나 싶어서 당장 호텔에서 멀지 않은 그 가게로 찾아가 따졌다.

"어떻게 이럴 수가 있느냐. 처음엔 50달러였다가 겨우겨우 깎아서 30달러에 사갔는데 똑같은 물건을 10달러에 파는 가게가 있더라. 당신은 날 속였으니 나쁜 사람이다. 이 물건을 사지 않겠다. 30달러 모두를 돌려 달라."

돈이 문제가 아니라 눈 앞에서 사람을 속인 것이 너무나 실망스러웠다. 그런데 오히려 그 인도인은 의아해하는 표정으로 나에게 되묻는 것이었다.

"참 이상하다. 아까 내가 행복하냐고 물었을 때 당신은 분명히 행복하다고 말하지 않았느냐. 당신이 30달러면 행복하고 기쁘다고 하기에 나도 기쁘고 행복했다. 당신도 기쁘고 나도 기쁘다면 그 가격이 바로 Good Price 아니냐?"

　그 말을 듣는 순간 나는 아무런 대답도 할 수 없었다. ‘Good Price’, 좋은 가격이라. 나는 과연 무엇 때문에 기뻐했었던 것일까? 싼 가격 때문에? 아니면 인도인의 친절 때문에? 그동안 나는 상대적인 비교에 익숙해 있었던 것이다. 30달러의 행복이 순간적인 비교에 의해 30달러의 불행이 되었던 그날의 경험은 내게 두고두고 소중한 경험이 되었다.

　우리는 항상 쉽게 비교하여 그 가치를 판단해 버리는 습성을 가지고 있다. 크다 작다, 혹은 많다 적다에 따라서 기뻐하기도 하고 슬퍼하기도 하며 웃기도 하고 울기도 한다. 그러나 정작 그러한 비교는 상대적인 것이어서 그 어떤 것도 절대적이지 않다. 빨강색은 빨강색대로 아름답고 파랑색은 파랑색대로 아름다운 법이다.

　나는 과연 얼마 만큼 행복한가. 그 행복의 조건이란 것은 외형의 비교나 물질적인 겨루기를 통해서는 절대 얻어질 수 없는 또 다른 차원의 문제다. 어떤 것을 가지고 있는가? 어느 지역에 사는가? 어떤 위치에 있는가? 이러한 것들로 우리는 웃고 울며 생활을 하는 경우가 많다. 그러나 우리가 추구해야 할 행복은 의외로 가까운 곳에 있음을 항상 알아차려야 한다.

　잔잔한 미소를 띄우며 나에게 묻던 그 인도인의 모습이 떠오른다.
　‘당신은 행복하십니까? Are You Happy?’

흔히들 '마음을 비웠다' 혹은 '평상심을 잃지 말라' 는 말들을 하곤
한다. 평상심이란 평소의 마음. 혼란스럽지 않은 평온한 마음의 상태를
말한다. 하지만 요즘처럼 모든 것이 강자생존의 경쟁관계로만 받아들여
지는 세태에서 이 평상심을 지켜간다는 것은 여간 어려운 일이 아니다.
　당나라의 고승 조주선사는 스승에게 '어떤 것을 일러 도(道)라 합니
까?' 라고 묻자 스승은 '평상심이 도이니라' 라고 답했다. 이 '평상심'
이라는 말처럼 사람들 입에 자주 오르내리는 불교용어는 없을 것이다. 그
럼에도 불구하고 평상심을 유지한다는 것처럼 어려운 일도 없을 것이다.
항상 흔들리지 않는 안정된 마음을 갖는다는 것은 깨달음을 얻었다는 것
과 다르지 않은 뜻이기 때문이다.
　젊은 날의 조주스님이 '불도란 무엇입니까?' 라고 그의 스승 남전에

게 묻자,

'어렵게 생각할 것 없다. 평상심 속에 불도가 있으니 그 밖에 깨달음이 있을 리 없다' 라고 답했다고 한다. 1000년 전의 이야기다. 이 일화가 그때로부터 오늘날까지 계속해 전해져 오는 까닭은, 바꿔 말하면 그만큼 현실 속에서 우리가 평상심을 잃기 쉽다는 것을 반증하는 것은 아닐까.

운동선수가 어떤 시합에서 이겼을 경우 '마음을 비우고 평상심으로 시합에 임했다' 는 대답을 마치 모범답안처럼 흔히 들을 수 있다. 그러나 경기에 졌을 경우 그런 말을 하는 것을 들어본 적이 없다. 오히려 '평상심으로 시합에 임했지만 패하고 말았다' 라고 말한다면 더욱 좋지 않을까 라고 생각한 적이 있다. 승부에서 이길 때보다 차라리 패했을 때 얼마나 평상심을 지킬 수 있는가가 진정한 마음의 평온일 것이다. 이런 사람을 일러 진정 강한 사람이라 할 수 있을 것이다.

임제선사는 이를 일러 '무사인(無事人)'이라 말했다. 무사인이란, 아무 일도 하지 않는 사람이 아니다. '따로 구함이 없는 마음' 이것이 무사(無事)이다. 도를 참구하는 과정에서 밖이나 다른 이에게서 찾지 않는 마음의 상태를 무사라고 한다.

승부에서 이겼을 경우도 결코 다르지 않다. 이겼다는 것은 다른 것이 아니다. 누군가 결정한 것이다. 이겼다고 생각하는 마음, 이것이 바로 구심(求心)이다. 경쟁 속에 살아남기 위해 너와 나의 우열을 나누고 그 곳에서 살아남기 위하여 평상심을 잃게 되고 결국 낙망하고 좌절하며 혹은 인생을 원망하고 살아가는 어리석음을 우리는 범하고 있는 것이다.

인생은 이기고 지는 것이 아니다. '평상심'이란 우열을 초월하는 것이기 때문이다.

복전(福田)이 되는 길

탁발은 교만한 마음을 버리고 무소유(無所有)와 하심(下心)을 실천하는 하나의 수행방법이다. 몇 해 전 태국의 수도 방콕 외각에 있는 왓담마몽콜이라는 왕립사원 초청을 받아 머물며 명상수행을 공부한 적이 있었다.

그때 그곳 스님들과 함께 이름 모를 방콕 시장 구석구석을 맨발로 돌며 탁발을 나서본 적이 있었는데, 일면식도 없는 타국 수행자의 발우에 공양물을 넣어주며 정성스레 합장하던 태국 불자들의 모습은 나 스스로를 경책케 하는 좋은 공부가 되었다.

막상 발우를 들고 거리로 나가 사람들에게 탁발할 때 마음에는 여러 가지 생각이 일어났었다. 창피하고 부끄러운 마음이 문득 문득 일어나고 사람들의 얼굴을 제대로 쳐다보지 못하기도 했다. 평소에 갖고 있던 자부심이나 알량한 마음들은 어디론가 숨어버리고 나타나지 않았다. 공덕을 짓게 하기 위한 복전(福田)이 되는 일이 말처럼 쉽지 않았기에 그저 공양물을 전해주는 마음에 감사하고 감사할 뿐이었다.

〈숫타니파타〉에는 다음과 같은 이야기가 있다. 부처님께서 어느 날 탁발하기 위해 바라문 농부 바라드바쟈의 집에서 탁발할 때, 농부가 부처님께 말한다.

"사문이여, 나는 밭을 갈고 씨를 뿌립니다. 밭을 갈고 씨를 뿌린 후에 먹습니다. 사문이여, 당신도 밭을 가십시오. 그리고 씨를 뿌리십시오. 갈고 뿌린 다음에 드십시오."

이 말을 듣고 부처님이 말씀하셨다.

"바라문이여, 나도 밭을 갈고 씨를 뿌립니다. 갈고 뿌린 다음에 먹습니다. 믿음은 종자요, 고행은 비이며, 지혜는 내 멍에와 호미, 부끄러움은 괭이자루, 의지는 잡아매는 새끼, 생각은 내 호미 날과 작대기입니다. 몸을 근신하고 말을 조심하며, 음식을 절제하여 과식하지 않습니다. 나는 진실을 김매는 것으로 삼고 있습니다. 노력은 내 황소와 같아 나를 안온의 경지로 실어다 줍니다. 물러남이 없이 앞으로 나아가 그 곳에 이르면 근심걱정이 없습니다. 이 밭갈이는 이렇게 해서 이루어지고 감로의 과보를 가져오는 것입니다. 이런 농사를 지으면, 온갖 고뇌에서 풀려나게 됩니다."

참으로 멋진 비유가 아닐 수 없다. 부처님께서 출가 수행자를 마음을 경작하는 사람으로 비유하여 잘 설명하고 있듯이 출가걸식은 오직 음식을 탁발하는 것만으로 한정되는 것이 아니다. 항상 깨달음을 위해 행해지는 수행이 아니면 안 된다.

비구(比丘)를 걸사(乞士)라고 부르는 까닭도 부처님께 법을 빌고 이웃에게 밥을 얻기 때문이다. 그저 먹을 것을 빈다는 점에서 보면 거지의 걸식과 차이가 없다. 그러나 출가자의 걸식은 걸식행이라고 하여 자기의 실상을 깨달아가는 수행이며 정진인 것이다. 그 옛날 인도 땅에서 여법한 모습으로 탁발을 나서시던 부처님의 모습을 떠올리면 나도 모르게 두 손이 모아진다.

나는 지금 어떤 복을 짓고 있는가?

부드러운 말 한마디의 힘

일상에서 우리는 부드러운 말 한마디로 많은 것을 변화시킬 수 있다.

살아가며 우연히 마주치게 된 사람들에게 무심코 던지는 말 한마디. 그저 아무렇지도 않게 '수고하십니다', '반갑습니다' 혹은 '고맙습니다' 라고 던지는 말 한마디가 어렵고 힘들어하는 이들에게 많은 격려와 배려의 인사가 되는 경우가 많다.

불교의 가르침에 '화안애어(和顔愛語)' 라는 말이 있다. 화안(和顔)이란 따뜻하고 편안한 표정을 뜻하고, 애어(愛語)는 자비의 마음에서 우러나오는 친절하고 부드러운 말을 이르는 것이다. 이것은 원만한 인간관계나 보다 살기 좋은 사회를 만들기 위한 일종의 배려와도 같은 것이다.

말 한마디에는 불가사의한 힘이 있다. 우리는 말 한마디에 상처를 입기도 하고 한마디 말에 마음이 따뜻해짐을 느끼거나 큰 위안을 얻기도 한다.

'부주의한 말 한마디는 시위를 떠난 화살과 같다'고 했던가.

언젠가 이런 이야기를 들은 적이 있다. 어느 초등학교에서 젊은 선생님이 아무리 아이들을 꾸짖고 엄하게 나무라도 전혀 나아지질 않아 속을 태우고 있었다. 너무나도 말을 듣지 않는 아이들에게 그 선생님은 머리를 감싸쥐고 아무 생각 없이 '나는 너희들을 정말 좋아하는데 왜 너희들과 사이좋게 지낼 수 없는 걸까?' 하고 탄식을 했다고 한다. 무심코 던진 속마음이었다.

그런데 그 후 아이들의 태도가 서서히 바뀌기 시작했다고 한다. 정말 알 수 없는 일이었다. 이렇게 변화된 무슨 특별한 이유라도 있나 싶어 어떻게 된 건지 한 아이에게 물어 봤더니 '그랬잖아요. 선생님께서 우리들을 좋아한다고' 라는 대답이 아주 진지한 눈빛과 함께 돌아왔다고 한다.

무심코 던진 말 한마디가 아이들의 마음을 움직인 것이다. 부디 아무 생각 없이 말을 던지지 말기를. 아무 생각 없이 던진 그 말 한마디가 어떤 이에게는 행복과 기쁨이 되기도 하고, 어떤 이에게는 절망과 좌절, 혹의 분노와 원망의 원인이 되기도 한다. 따뜻하고 부드러운 말 한마디를 통해 세상이 바뀌어질 수도 있음을 우리는 알아야 한다.

당(唐)나라 화엄종의 무착문희(無着文喜) 선사가 문수보살(文殊菩薩)을 친견하기 위해 오대산(五臺山) 금강굴(金剛窟) 반야사(般若寺)에 갔다가 문수의 화현인 균제동자(均提童子)로부터 받은 법문이다.

面上無瞋供養具 口裏無瞋吐妙香 心裏無瞋是珍寶 無染無垢是眞常

(면상무진공양구 구리무진토묘향 심리무진시진보 무염무구시진상)

성 안내는 그 얼굴이 최상의 공양이요. 부드러운 말 한마디 미묘한 향이로다.

아름다운 그 마음은 진기한 보배요. 때 묻지 않은 성품은 불변하는 진리일세.

나 자신과의 싸움에서 이겨야 한다

약해졌다. 쉽게 포기한다. 인내력이 부족하다. 이기적이다. 요즘 젊은이들의 특징을 드러내는 말들이다. '신세대'로 불리는 요즘 젊은이들의 특징들을 살펴보면 기성세대와는 확연히 구별되는 여러 가지 독특한 점들이 많이 있다. 그 가운데는 솔직하고 실질적인 장점이 있는가 하면 좀 안타까운 문제점들도 없지 않은 것 같다.

군문(軍門)에서 만나게 되는 신세대 장병들도 예외는 아닌데, 예전에 군 생활하던 모습과 비교해 너무도 달라진 요즘의 모습을 보고 놀라는 기성세대들이 많다. 물론 이러한 현상은 단순히 현재에만 국한된 일은 아닌 것 같다. 고대 그리스의 유물에서 발견된 기록에도 '요즘 젊은이들은 문제가 많다'는 내용이 발견되고 있다니 말이다. 여하튼 기성세대들이 염려하고 걱정하는 것은 요즘을 살아가는 현재의 젊은이들에게서 공통적으로 볼 수 있는 일반적인 문제인 듯하다.

먼저, 자신과의 싸움에서 지는 경우가 많다는 것이다. 나약한 자신을 탓하기보다 항상 조건과 환경을 탓하는 경우가 많다. 흔들리는 자신과 타협하여 스스로에게 관대해지고, 매사에 이유가 많고, 여의치 않은 일마다 까닭이 있다. 이 정도가 되면 온전히 제대로 하는 일이 없게 된다.

그저 심약해서 그러려니 하기에는 좀 심하다 싶을 정도로 힘든 현실과 부딪히면 무력해진다. 몸에 조금만 이상이 생기면 큰 병이 생겼다고 생각하거나 그 때문에 지금 하고 있는 일을 온전히 수행해 나갈 수가 없다고 생각하고 스스로 자포자기 한다든지 눈앞에 닥친 상황을 피해가려고 하는 경우를 보면 참으로 안타깝다.

밀림의 제왕인 사자가 어떤 외부의 적에 의해서 쓰러지는 것이 아니다. 결국 스스로의 몸속에 생긴 병균, 사자충 때문에 죽게 된다는 비유가 있듯이 오늘을 살아가는 우리는 스스로를 돌이켜 보면서 자신의 의연한 모습을 키워 나가야만 할 것이다.

자신과의 싸움에서 지는 사람들은 핑계가 많다. 춥다고 일하지 않고 덥다고 일하지 않는다. 배가 고프다고 일하지 않고 새벽이라고 일하지 않으며, 저녁이라고 일하지 않는다. 이렇게 탓만 한다면 그들은 어떤 일을 하더라도 성공하기가 어려울 것이다.

젊은 시절 뿐만 아니라 인생을 살아가면서 겪는 모든 어려움들은 나 자신과의 싸움인 것이다. 세상일은 마음먹기에 따라 달라지는 법. 천병만마를 싸워 이긴 장수보다 나 자신과 싸워 이긴 사람이 더욱 훌륭한 사람이다.

　흔히들 단조롭고 변화 없는, 그리고 각박하기만 한 일상의 삶들을 채워나가기에 급급한 우리들이기에 '내가 인생을 왜 사나?' 하는 의문을 갖게 되는 때가 자주 있다. 그러나 그러한 생각들은 의미를 어떻게 부여하느냐에 따라 천지 차이로 달라진다. 당사자들이 스스로 인생을 어떻게 생각하고 연출해나가느냐에 따라 훗날 첨예하게 다른 결과로 나타나게 될 것이다.

　사실 우리는 내일의 삶을 걱정하면서도 당장 오늘의 삶을 어떻게 꾸려갈 것인가에 대한 모색과 고민은 부족한 것이 사실이다. 사회생활을 해나가면서 흔히 직책이나 자리에 연연해서 힘든 일과 편한 일을 나누는 경우가 종종 있다. 그러나 사실 그것은 그리 큰 문제가 되지 않는다. 어떤 일을 하든지 그 일을 얼마나 성실하게 수행해 나가느냐가 중요한 것이지 무슨 일을 하느냐가 중요한 것은 아니기 때문이다.

　흔들리는 나 자신에게 용기를 불어넣자. 당당하고 의연하게 자신과의 싸움을 승리로 맺자.

흔히들 꼴값이라고 하면 부정적인 의미로 받아들이는 경우가 많다. 하지만 이 꼴값이란 말은 생각하면 생각할수록 의미가 깊은 말이다. '꼴'이란 모양새를 뜻한다. 마름모꼴, 원통꼴 등등 학창시절 수업시간에 종종 들었던 꼴에다가, '값'은 몫과 역할, 가치 등을 뜻하는 말이니 '꼴값'이라 하면 모양에 대한 몫과 역할을 뜻하는 좋은 뜻이 아닐까.

선종에서 널리 알려진 선구(禪句) 가운데 '일일부작(一日不作)이면 일일불식(一日不食)'이라는 말이 있다. 중국 당나라 시대의 대표적 선승(禪僧) 화해(懷海)의 '백장청규(百丈淸規)'에 나오는 말로서 '일하지 않는 날은 먹지도 않는다'는 뜻이다.

회해 스님은 홍주의 백장산에 머무르면서 수행과 교화에 힘썼는데 사람들은 그를 백장선사라고 부르곤 했다. 선을 행하는 도량에서는 청소,

취사, 경작 등 '작무(作務)'라고 불리는 여러 가지 노동을 소홀히 할 수 없
는 일과로 삼는다. 회해는 대중과 함께 이 작무에 힘써 노령이 되어서도
단 하루도 쉬는 일이 없었다고 한다.

　　노구를 이끌고도 힘든 일을 마다 하지 않는 스님에게 제자들이 '선
사께서는 노령이시니 이제는 매일의 작무를 그만 두시지요. 모든 일은 저
희들이 맡아서 할 테니 쉬시는 것이 어떻겠습니까?'라고 권했다고 한다.
회해스님은 아무 말 없이 그 자리를 벗어났는데 그 후 공양시간이 되어도
그 모습이 보이질 않아 제자들이 이상히 여겨 찾아보니 회해 스님은 좌선
당에서 좌선을 하고 있었다. 제자들이 공양시간임을 알리자 '일하지 않
으면 먹지도 않겠다'라고 대답했다는 일화는 유명하다.

　　'일을 하지 않는 날은 먹지도 않는다'와 같은 엄격한 말은 나의 몫과
역할을 다해야 한다는 의미가 담겨 있다. 이미 널리 알려진 이 가르침을
단순히 유명한 선구(禪句)로만 새길 것이 아니라 지금 우리가 살아가는 이
사회에 적용시켜 보면 어떨까?

　　여기서 언급하고 있는 '일'이라고 하는 것은 육체적인 노동만을 의
미하는 것은 아니다. 자신이 맡은 바 직분에 충실할 때, 그 행위로 인해
보람과 만족을 느낄 수 있을 때 모든 것은 뛰어난 수행이 되며, 그 자체가
아주 훌륭한 일이 되는 것이다.

　　사회생활을 하다 보면 이름보다는 흔히들 그 직책이나 계급으로 불
리는 경우가 많다. 그것은 그 사람이 맡은 직무나 계급에 따르는 책임과
임무가 그만큼 중요하기 때문일 것이다. 내가 내 역할을 제대로 해내지

못했을 때, 그 일을 다 소화해 내지 못했을 때 그 조직은 틈새가 생기게 되고 그로 인해 결국은 그 자신은 물론 조직까지도 곤란과 어려움을 당하게 되는 것이다.

나의 몫과 나의 역할을 다 해내는 것. 부모가 부모의 몫과 역할을 다 하고, 자식이 자식의 몫과 역할을 다할 때 온전한 가정이 될 수 있는 것처럼 내가 서 있는 지금 이 자리에서의 세상과 사람들에게 할 수 있는 몫과 역할은 어떤 것일까 곰곰 생각해 보아야 한다.

'나는 꼴값 하며 살아가고 있는 것일까?'

왜 사냐건 웃지요

'왜 사냐건 웃지요.' 김삼룡 님의 '남으로 창을 내겠소' 라는 시에 나오는 구절이다. '왜 사냐 건 웃지요' 라는 말, 시인은 그 나름대로의 함축된 의미를 내포하며 이 시를 썼으리라. 진취적이고 이 땅의 미래를 걸머지고 나아가야 할 젊은이들에게 왜 사느냐고 누군가 묻는다면 여러분들은 어떻게 답할 것인지. '오늘과 다른 내일이 나를 기다리고 있기 때문에, 더 나은 내일을 만들어가기 위해 오늘을 열심히 살아간다'고 당당하게 말할 수 있어야 하지 않을까? 그냥 어제와 같은 오늘, 오늘과 같은 내일로 하루하루를 채워가서는 안 된다.

흔히들 조직사회의 고질병 중에 하나가 무사안일주의라고 한다. 그저 그렇게 오늘을 지내고 별 탈 없이 오늘을 보낼 수 있으면 그만이라는 생각, 그저 그렇게 시간만 보내다가 보면 좋은 날이 있겠지 라는 생각을 가지고 있다면 이는 참으로 안타까운 일이 아닐 수 없다. 어제 행위의 결과가 오늘의 나를 결정하고, 오늘 나의 모습이 바로 내일의 나를 결정지어간다는 사실을 알아야만 한다.

오늘을 헛되이 보낸 이에게 밝은 내일은 찾아오지 않는다. 젊은 시절의 한 때를 무사안일주의에 빠져 나 혼자만의 안위나 보신에 급급한 채 내일을 맞이한다면 그 사람의 내일은 정말이지 의미 없는 내일이 될 것이다.

사실 우리네 일상은 반복의 연속이며 산다는 것은 단순한 일과의 연속일 뿐일런지도 모른다. 그러나 그 평범한 일상 속에 깊은 뜻이 담겨져 있고 즐거운 보람이 있음을 느껴야 한다. '날마다 좋은 날'로 만들기 위해 노력해야 하며 그 노력으로 인해 내일과 모래가 더욱 밝아질 수 있는 것이다. 언제나 기쁜 마음으로 날마다 되풀이되는 평범 속에서 의미를 찾고, 보람이 가득한 내일을 스스로 만들어야만 하는 것이다.

쉼없는 수행을 용맹정진(勇猛精進)이라고 한다. 불교의 성불은 변화이며 발전이다. 어제와 다른 내일의 삶을 만들어 나가는 것. 이것이 정진인 것이다. 말 한마디, 행동거지 하나, 마음가짐 하나의 변화로부터 성불은 시작되는 것이다.

백수의 제왕인 사자가 들판에서 생쥐 한 마리를 잡기 위해서도 최선을 다하여 초원을 질주한다고 한다. 대강대강 대충대충 사는 삶에 기쁨과 보람은 없다. 만족과 기쁨과 보람을 원한다면 오늘과 다른 내일을 위해 정진하라.

어떤 순간에서도 결코 실망하거나 좌절해서는 안된다. 아직도 더 이상 늦지는 않았다는 희망을 잃지 않아야 한다. 9회 말 투아웃 상태에서도 희망을 잃지 않는 감독에게 좌절은 있을 수 없다. 우리는 자신의 앞에 놓여진 도전에 대해 감사해야 한다. 그리고 전진해 나아간다면 우리는 더 많은 것을 얻을 수 있으며 더 높은 곳에 다다를 수 있을 것이다. 무심코 보내는 하루도 나의 수많은 인생 페이지 중에 한 장이다. 결코 허투루 함부로 쓸 수가 없다는 것을 알아야 한다.

석가모니 부처님은 중생의 삶을 버리고 부처의 삶을 살았던 분이다. 내 안의 부처님께 나 스스로 물어야 한다. 나는 중생의 삶을 살고 있는가, 아니면 부처의 삶을 살고 있는가?

지옥의 문 극락의 문

인간의 많은 번뇌 중에서 가장 인생을 힘들고 어렵게 하는 것이 분노, 즉 성내는 것이다. 그 분노가 자신의 마음을 점령했을 때, 그 주위는 모두 적이 되며 그 일체를 적으로 삼는다. 세상을 파괴하는 그 마음이 바로 지옥세계인 것이다.

일본의 백은스님에게 한 무사가 찾아와서 여쭈었다.

"스님, 극락과 지옥은 실제로 존재하는 것입니까?"

"그대는 무엇을 하는 사람이오?" "저는 무사입니다."

그러자 스님이 큰소리로 비웃었다.

"무사라고? 도대체 당신 같은 사람에게 호위를 맡기는 이가 누군지 궁금하군. 머저리같이 생긴 놈에게 생명을 맡기다니!"

스님의 모욕에 화가 머리 끝까지 난 무사는 얼굴을 붉히며 허리에 찬

칼을 잡았다.

"그래? 그 커다란 칼로 나를 치려구? 하지만 내 목을 자르기엔 자네의 검술이 너무나 형편없을 것 같은데?"

스님의 조롱 섞인 말투에 무사는 치밀어오르는 분노를 더 이상 참지 못하고 날이 퍼렇게 선 큰 칼을 뽑아들고는 스님의 목을 내려치려고 했다.

"지옥의 문이 열렸구나."

한치의 흔들림도 추호의 동요도 없이 담담한 스님의 모습에 무사는 칼을 거두고 분노를 가라앉히며 스님께 사죄를 했다. 그러자 동시에 이제까지의 분노는 눈 녹듯이 사라지고 봄바람같이 따사로운 스님의 말소리가 들려왔다.

"극락의 문이 열렸구나."

지옥과 극락의 문은 이렇게 열리고 닫히는 것이다. 만일 무사가 불같이 치미는 화를 참지 못하여 칼을 휘둘렀다면 어떻게 되었겠는가?

백은선사는 구구한 설명보다는 체험으로 순간순간의 마음가짐이 지옥과 극락을 좌우하게 된다는 것을 일깨우셨던 것이다.

〈법구경〉에는 다음과 같은 가르침이 있다.

'성냄을 버려라. 거만을 버려라. 모든 애욕과 탐심을 버려라. 정신에도 물질에도 집착하지 않으면 고요하고 편안하여 괴로움이 없다.'

분노를 다스리지 못하는 그곳이 바로 지옥인 것이다. 타오르는 가슴의 불길은 나를 태우고 상대도 태우고 온 세상을 태우기 때문이다.

　'일체유심조(一切唯心造)'라. 세상의 행복과 불행은 마음을 어떻게 쓰느냐에 달려 있다. 내 마음이 바로 나를 둘러싼 세상을 극락으로도 또 지옥으로도 만들 수 있는 것.

　마음을 다스려 극락의 문을 열어야 하지 않겠는가?

나는 어떤 만남이 되고 있는가

부처님께서 제자들과 함께 길을 가고 있는데 땅 위에 종이가 떨어져 있었다. 부처님께서 제자에게 그 종이를 줍게 하여 묻기를, '그것이 무엇에 쓰였던 종이 같으냐?' 제자는 종이에서 나는 냄새를 맡아보고는 '향을 쌌던 종이가 분명합니다. 아직도 향내가 진하게 납니다.' 일행이 조금 더 걸어갔을 때 이번에는 새끼 토막이 보였다. 부처님께서는 이번에도 같은 질문을 던졌는데 '그 새끼 토막이 무엇에 쓰던 것인 줄 알 수 있겠느냐?' '비린내가 나는 걸 보니 아마 생선을 묶었던 것 같습니다.'

부처님께서 제자들에게 말씀하셨다.

'대개 어떤 물건이든 본래는 깨끗하지만 조건에 따라 달라지느니라. 사람의 일도 그와 같으니, 현명한 사람을 가까이 하면 뜻이 원대해지고 행복에 접어든다. 하지만 어리석은 사람을 가까이 하면 같이 어리석음에 빠지며 불행한 삶으로 들어가게 된다. 그것은 마치 종이가 향을 싸고 있었기에 향내음이 나고, 새끼가 생선을 묶고 있었기에 비린내가 나는 이치와 같으니라. 사람들도 어떤 사람을 만나느냐에 따라 삶이 달라지며, 천천히 물들어가기 때문에 자신도 미처 깨닫지 못하는 것이다.'

우리가 살아나가면서 어떤 만남을 갖느냐 하는 것은 매우 중요한 일이다. 어떤 진리, 어떤 가르침을 배우느냐에 따라 우리의 인생이 달라진다. 학창 시절에 어떤 선생님을 만나느냐에 따라 삶의 방향이 달라짐을 종종 보게 된다.

유비가 공명을 만나지 못했다면, 장영실이 세종대왕을 만나지 못했다면, 그리고 헬렌 켈러가 설리번 선생님을 만나지 못했다면 세상은 지금과 많이 달라졌을 것이다.

좋은 만남, 좋은 인연을 가꾸며 살아가는 것이 내 인생과 삶의 모습을 크게 바꾸어 놓게 된다. 다만 아쉬운 점은, 대부분의 사람들이 좋은 만남을 기대하고 혹은 바라면서도 스스로 좋은 만남이 되려는 노력은 그다지 하지 않고 있는 것 같다. 문제가 생기거나 좋지 않은 일로 부딪치게 되면 항상 관심을 밖으로 돌려 원인을 다른 이에게 찾는 경우가 대부분이다.

'누구 때문에 이렇게 되었다' 라든가 '누구만 아니었으면 문제가 없었을 텐데' 하는 식으로 나 아닌 주변의 탓으로 돌리는 경우가 많다. 그러나 사실 한 걸음만 뒤로 물러나 보면 문제의 원인은 나로부터 시작되어진 것들이 대부분이다. 설령 밖에서 시작된 문제라 하더라도 내가 원만히 소화시켜 이해했더라면 해결되었을 터인데 그렇지 못해 화내고 성내고 세상을 탓하게 되는 것이다.

나는 과연 우리 가족이나 친구에게, 주위 사람이나 동료들에게 어떤 사람일까? 어떤 향기를 전해주는 사람일까? 좋은 남편, 좋은 아내인지, 좋은 부모, 좋은 자식인지, 회사에서나 친구 간에 믿음을 주는 존재인지 나 스스로에게 질문을 던져보면 어떨까? 좋은 만남을 마냥 기다리기보다 좋은 만남이 되어주는 것이 훨씬 마음 편하고 세상을 살맛나게 하는 법이다. 좋은 만남, 좋은 인연을 가꾸며 살아가는 것이 행복으로 가는 지름길이 될 수 있다.

나옹화상의 발원문을 다시 마음에 새긴다.

'문아명자면삼도 견아형자득해탈(聞我名者免三途 見我形者得解脫)'
만남에 있어 내 이름을 듣는 이가 삼악도를 면하고
내 모습을 보는 이는 해탈을 얻게 하소서.

뮌히하우젠 증후군 (Munchhausen Syndrome)

사람은 누구나 아프지 않기를 바라고 산다. 얼마 전 군병원을 방문
했을 때 군의관으로부터 들으니 날씨가 추워져서인지 의무대를 찾는 환
자가 부쩍 늘었다고 한다. 단순한 감기 환자에서부터 심한 증세의 환자
에 이르기까지 갖가지 증상의 환자가 진찰 받기를 기다리는데, 이 가운
데는 별다른 병이 없으면서도 군의관의 진찰을 받으러 와서는 진찰 후
아무 이상이 없다는 진단이 내려지면 오히려 서운해 하는 경우가 적지
않다고 한다.

그저 단순한 꾀병환자가 아니겠냐고 했더니 군의관의 대답인즉, 그
저 단순한 꾀병이 아니고 어느 정도 스스로 몸에 대한 불안감을 가지고
있는 경우가 많아서 병이 없는데도 통증을 느끼는 경우도 있다는 것이다.
이런 환자들은 대개가 자신에게 병이 없다고 진단한 군의관에 대해 무성

의하다고 비난하거나, 그럴 리가 없으니 다시 진찰해 보라고 몇 번이고 다시 찾아온다는 것이었다. 분명히 몸에 병이 없는데도 말이다. 일반적으로 병이 없다는 진단을 받게 되면 보통사람들은 안도의 숨을 쉬면서 기뻐하는 것이 당연한데, 오히려 병이 없다고 하면 실망을 한다니 병영생활이 고되긴 고된 모양이다 싶어 쓴 웃음을 지을 수밖에 없었다.

사실 병이란 고통스러운 것이고 많은 어려움이 따르며 심해지면 죽음에 이르는 결과를 초래할지도 모르는 것인데 오히려 몸에 병이 없다는 진단을 받고 서운해 하는 환자를 일컬어 의학에서는 '뮌히하우젠 증후군'이라고 부른다고 한다. 질병을 조작하여 치료받기를 즐겨했던 한 독일군 병사의 이름을 따서 붙인 이름이라고 하는데, 아마도 전쟁의 공포와 전투의 두려움에서 비롯된 일종의 '칭병 복무기피 현상'이라고도 볼 수 있을 것이다.

여하튼 요즘 의무대를 찾는 병사들 가운데에는 이처럼 병을 빙자해서 단순히 어렵고 힘든 근무에서 해방되어 편안히 쉬어보려는 꾀병환자뿐만 아니라 정말 병에 걸렸다고 스스로가 믿어버리고 상당히 심각하게 자신의 증상에 대해서 고민하고 괴로워하고 있는 경우도 있다고 하니 문제가 아닐 수 없다.

아마도 이러한 현상은 단순히 병영생활에 국한된 모습만은 아닐 것이다. 갈수록 자신에 대한 의지력과 결단력이 약해지고 스스로를 다스리는 데 미숙해지는 현대인들에 대한 지적일 수 있다. 힘들고 어렵게만 느껴지는 생활이라 할지라도 스스로 나약해지면 모든 일이 더욱 고통스럽고 괴롭게만 생각되어질 것이다. 현실 속에서 마주치게 되는 많은 난관들이 비록 힘들더라도 어떻게 받아들이고 어떻게 생각하느냐에 따라 그 어려움의 정도는 달라지게 된다.

군에서 만나는 병사들에게 가장 안타까운 점이 바로 이것이다. 항상 내가 제일 힘들고 내가 제일 어렵다는 생각에 사로잡혀 스스로를 더 힘들게 만들어 버리는 경우가 많다. 물론 개인에 따라 차이는 있겠지만 힘들고 어려운 직책을 맡고 있는 경우는 오히려 그 어려움을 의연하게 받아들이는 데 반해 좀 수월하고 편안한 직책을 갖고 있는 경우 괴로움을 호소하는 경우가 더 많은 것 같다.

환경이나 여건이 나를 힘들게 만드는 것이 아니라 힘들다고 느끼는 나의 생각이 나를 어렵게 만드는 것이다. 담담한 마음과 자신있는 모습으로 스스로를 지켜나가도록 힘쓴다면 어떤 난관이나 어려움에 놓여진다 하더라도 능히 헤쳐 나갈 수 있을 것이다.

이 사회를 비판하는 말 가운데 '병든 사회'라는 표현들을 종종 쓴다. 물론 병이 들어 문제가 많다는 뜻으로 쓰이겠지만 결국 그 병든 사회의 구성원인 나도 원인을 제공했기 때문 아닐까 생각하니 당당하게 세상 나서기가 부끄러워진다.

밀림의 제왕인 사자가 어떤 외부의 적에 의해서 쓰러지는 것은 아니다.

장군과 찻잔

용맹스럽기로 이름 높은 한 장군이 평소에 애지중지하던 골동품 찻
잔을 꺼내어 감상하고 있었다. 이리저리 만지다가 그만 찻잔이 손에서 미
끄러졌다.

'어이쿠!'

바닥에 떨어지기 전에 간신히 찻잔을 잡은 장군의 등에는 식은땀이
흘렀다.

'백만 대군을 이끌고 죽음의 전쟁터를 수없이 들락거리면서 한 번도
떨린 적이 없었거늘 어이하여 찻잔 하나에 이토록 놀란단 말인가?'

장군은 미련 없이 찻잔을 깨어 버렸다.

애착은 무엇이며 애지중지란 무엇일까? 좋다, 싫다, 밉다, 곱다 등
애증의 마음은 한낱 조그마한 찻잔 하나로 백만 대군을 거느리는 장군의

장군과 찻잔

등골을 서늘하게 할 수 있는 것이다.

대체 우리는 어떤 것에 가치와 의미를 부여하며 살아가고 있는 것일까? 지금 우리를 이끌어 가고 있는 것은 과연 무엇일까? 모름지기 모든 것은 마음으로부터 비롯되는 것이다. 원효대사는 캄캄한 어둠 속에서 심한 갈증을 느껴 곁에 있는 바가지에 담긴 물을 너무도 시원하게 그리고 맛있게 마셨다. 그러나 다음날 아침, 날이 밝아 눈을 떴을 때 해골바가지에 담긴 물이었음을 확인하고는 어젯밤의 기쁨과 즐거움은 괴로운 구역질로 바뀌어 버리고 말았다.

심생즉종종법생(心生則 種種法生)이요, 심멸즉종종법멸(心滅則種種法滅)이라. 일체(一切)는 유심조(唯心造)요, 만법(萬法)은 유식(唯識)이라. 모든 것이 마음에서부터 일어나고 사라지는 것, 오직 내 마음이 모든 것을 만들어내는 것이다.

한 생각 돌이키면 좋을 것도 나쁠 것도 따로 없는 것인데 무엇이 좋다, 무엇이 나쁘다는 판단 때문에 결국 더욱 힘들고 어렵게 느껴지는 일들이 생기는 것이다. 분별심(分別心)이라 했던가? 이것과 저것을 나누는 상대적 분별의 마음은 참된 모습이 아닌 허상(虛像)일 뿐이다. 대체 무엇이 더하고 무엇이 덜하단 말인가? 붉은 장미는 붉은 장미대로 아름답고 노랑 들꽃은 노랑 들꽃대로 아름다운 법이다.

세상의 모습은 너무도 다양한데 우리는 항상 오직 하나만을 추구하곤 한다. 오직 내 생각과 내 판단이 최우선인 경우가 많다. 나는 옳고 너는 그르다는 식의 판단은 자기중심주의가 만들어 생겨난 편견이다.

중국 선종의 3대 조사인 승찬 대사가 지은 〈신심명(信心銘)〉에는 다음과 같이 이르고 있다.

'지극한 도는 어렵거나 복잡하지 않으니, 오직 이것이다 저것이다 하는 분별을 꺼릴 뿐이다. 미워하고 사랑하는 것에 이끌려 다니지만 않으면 모든 것이 통연히 명백하리라(至道無難 唯嫌揀擇 但莫憎愛 洞然明白).'

사랑도 미움도 모두 내려놓아야 할 것이거늘 대체 무엇에 이끌려 다닌단 말인가?

세상에서 가장 아름다운 헌화공양

매화, 개나리, 진달래, 벚꽃 등 봄소식이 한창이다. 시절인연에 맞춰 차례로 피어나는 꽃들은 보는 이들의 가슴을 설레게 하고 까닭 없이 그저 미소를 짓게 만들기도 한다. 참 좋은 계절이다.

이름 모를 들꽃 한 송이조차 정겹고 고맙게만 느껴지는 것이 봄의 매력이다. 옛 선사들은 뜰 앞의 잣나무를 보고도 도를 깨쳤다 하니 그 가르침이 새삼스럽다. 우주만물 모두가 귀하고 소중한 인연일진대 들꽃 한 송이에 어찌 부처님 성품이 깃들어 있지 않을까 싶다.

신록의 계절이라는 이 봄에 들려오는 꽃소식을 들으며 수년 전 강원도 전방 고지의 대대법당에서 겪었던 일을 떠올려 본다.

최전방 산골짜기에는 좀처럼 겨울의 기운이 쉽게 물러가질 않는다. 꽃소식이 전국을 뒤덮는 때가 되어도 꽃구경하기가 쉽지 않다.

꽃구경하러 떠나는 수많은 인파들의 소식을 뉴스로만 들으며 묵묵히 자리를 지켜야 하는 곳이 바로 그곳 최전방 고지이다. 그런 최전방 부대에도 작으나마 법당이 마련되어 있어 우리 장병들이 소중한 불심을 가꾸어 가고 있는데, 바로 민통선 북방 ○○사단 통일대대의 통일정사라는 법당에서 있었던 일이다.

통일정사는 사단법당에서 거리가 워낙 멀고 민통선 안에 위치한 부대였는지라 법회 지원이 원활하질 못해 항상 미안한 마음을 가지고 있던 터였다. 모처럼 법회 일정이 잡혀 일요일 오후, 부랴부랴 사단법당 법회를 마치고 차를 몰아 그 대대에 도착했다.

조립식 막사를 개조한 4평짜리 진중법당(陳中法堂)인데다 법사가 직접 주관하지 못하는 법회임에도 매주 50여 명이 법회에 동참하여 녹음기 반주에 맞추어 찬불가도 부르고 어설픈 군종병의 목탁집전에 따라 반야심경을 외우며 법회를 진행해 오고 있었다. 그들의 정성이 깃들어 있는 법당인지라 갈 때마다 정이 깊어졌고 군종병들의 헌신이 그저 고맙기만 했다.

그날도 늘 그렇듯이 변변히 준비할 것이 없어 초코파이 한 상자를 사들고 법회시간에 맞추어 법당에 도착했다. 반갑게 인사를 나누고 부처님전에 삼배를 하는데 불단이 눈에 들어 왔다. 부대 영선반 목공 팀에서 뚝딱뚝딱 자체적으로 합판을 구해 만든 특별할 것도 없는 불단이건만 그날따라 나의 시선을 붙드는 것이 있었다.

불단의 한 쪽에 플라스틱 음료수 병을 잘라 포장지를 덧씌운 꽃병에 이름 모를 들꽃들이 한아름 꽂혀 있었던 것이다. 법당이 아주 밝고 환해 보였다. 법회를 진행하는 내내 흐뭇한 미소를 지울 수가 없었다.

법회가 끝난 후 물으니, 드디어 봄도 돌아왔고 모처럼 법사님과 함께 하는 법회인지라 부처님 전에 뭔가 공양을 올리고 싶어 생각 끝에 중대 군종병들이 모여 부대 주변의 들꽃을 따 모았다는 것이었다.

헌화(獻花).

유명한 명산대찰의 엄청난 공양물보다 최전방 대대법당에서 만난 그 소박한 꽃공양이 나무나 소중하고 아름답게 보였다. 부처님 전의 공양에 분별이 있을 수 없겠지만 병사들의 그 소박한 정성이 얼마나 기특하고 고마운지 그 후로도 오랫동안 봄만 되면 들판에 지천으로 피어나는 들꽃들을 보며 흐뭇한 미소가 떠올랐다.

부처님을 부르는 명호 중에 응공(應供)이 있다. 마땅히 공양받을 만한 훌륭한 분이라는 뜻이다. 우리도 이른 봄날 소박한 들꽃 공양을 받을 만한 사람이 되어야 하지 않겠는지.

꽃을 바라보는 마음

봄을 맞아 얼마 전 온갖 꽃이 다 모여 있다는 서울의 유명한 꽃시장
엘 다녀온 적이 있다. 꽃시장의 엄청난 규모도 규모려니와 그야말로 인산
인해(人山人海). 엄청난 사람들이 꽃을 사기 위해 모여 있었다.

많은 인파도 대단했지만 정작 나를 놀라게 만든 것은 그렇게 다양한
종류의 꽃이 있다는 사실이었다. 기화요초(琪花瑤草)가 이런 것인가 싶을
정도로 다종다양한 꽃들을 바라보며 빛깔과 향기 각각의 모양새에 맘껏
취할 수 있었다. 그저 막연히 화분 몇 개 사러 갔던 나는 발걸음을 옮길
때마다 감탄했다.

아름다운 꽃이 피고, 그 아름다움을 보기 위해 많은 사람들이 모여들
지만 그 꽃의 아름다움을 바라보는 사람들의 눈은 각각 다른 것 같다. 어
떤 이는 이 꽃이 정말 예쁘고 아름답다고 말하는데 어떤 이는 그 꽃이 뭐

가 좋으냐며 핀잔을 주기도 한다. 어떤 이는 빨간 장미가 좋다 하고 어떤 이는 하얀 백합이 좋다 한다. 어떤 이는 우리 토종 야생화가 좋다는가 하면 어떤 이는 화려한 수입종 꽃들이 좋다 하기도 한다.

이렇듯 꽃의 그 짧은 아름다움을 볼 때도 어떤 마음으로 어떻게 보느냐에 따라 느낌이 많이 달라지는데, 하물며 일상사를 접하는 마음가짐의 눈이야 말해 무엇 하겠는가.

똑같은 처지와 환경임에도 불구하고 어떤 이는 늘 웃음 속에 살고 어떤 이는 늘 우울하고 어두운 모습을 하고 있는 경우가 있다. 이것이 바로 '마음가짐' 의 문제가 아닐까. 어떻게 받아들이고 어떻게 느끼고 어떻게 생각하느냐에 따라 세상은 달라지는 법이다. 어렵고 힘들게만 느껴지는 일상의 난관도 받아들이는 마음가짐에 따라 성숙을 위한 밑거름이 될 수 있다.

〈화엄경〉 일체유심조(一切唯心造)의 가르침을 꽃을 바라보는 마음가짐에 비추어 본다. 모든 것은 마음이 만들어내는 것. 좋은 것도 싫은 것도, 즐거운 것도, 슬픈 것도 결국은 마음을 어떻게 갖느냐에 따라 달라지는 법이다.

빨간색은 빨간색대로 아름답고 노란색은 노란색대로 아름다운 법인데, 왜 우리는 나만의 느낌과 경험에 의지해서 좋다, 나쁘다를 가리고 나누어 스스로의 틀 속에 자신을 가두는 것일까. 꽃을 그저 꽃으로 바로 볼 수 있을 때 꽃은 오롯이 아름다울 수 있을 것이다.

같은 옹달샘의 물을 먹더라도 독사는 독을 만들고 소는 젖을 만든다.

독사의 맹독은 사람을 죽이지만 소의 젖은 사람을 살리게 된다. 요컨대 어떻게 받아들여 어떻게 소화했는가가 중요한 것이다.

인생의 고난과 역경을 어렵고 힘들다고 생각하면 더욱 힘들게 느껴지는 법, 반대로 생각하면 그 무게는 한결 가볍게 느껴질 수도 있다. 어떻게 바라보느냐에 따라 달라지는 삶인 것이다. 어떤 배는 바람 때문에 침몰하지만 어떤 배는 바람이 불어야 더 잘 나아갈 수 있다. 마찬가지로 어렵고 힘든 우리네 일상일지라도 어떻게 받아들이느냐에 따라 삶은 백팔십 도 달라질 수 있는 것이다. 삶을 바라보는 눈이 어떤가에 따라 행복해질 수도 있고 불행해질 수도 있다.

봄날 꽃 한 송이 바라보며 문득 아름다움도 내 마음에서 만들어내는 것이구나 생각하니 미소가 종일 떠나지 않는다.

불교를 공부하는 수행자들의 마음을 가장 잘 일깨워 주는 명저 가운데 하나인 〈신심명(信心銘)〉 첫 구절은 이렇게 시작한다.

'지극한 도는 어렵지 않나니 오직 분별하는 마음을 멀리해야 한다(至道無難, 唯嫌揀擇).'

마음의 어둠을 밝히는 일

얼마 전 우연히 서울에서 그리 멀지 않은 곳의 조그만 산내(山內) 암자를 찾을 일이 있었다. 부처님오신날이 얼마 남지 않아서인지 암자를 오르는 조그만 오솔길에 길게 연등을 달아놓아 초저녁 밤길의 조심스런 마음을 편안하게 해주었다. 어둠이 내려앉은 초여름의 산사에 앉아 들려오는 소쩍새 소리와 함께 조용히 빛을 내는 연등을 바라보는 일은 그 자체만으로도 아름다움을 느끼기에 부족함이 없었다.

불교에서 등불을 밝히는 것은 그저 어둠을 밝히는 기능적 목적만을 가지고 있는 것이 아니라 중생의 어리석음을 밝히는 지혜를 상징한다.

캄캄한 어둠 속에서는 아무리 작은 불빛이라도 큰 역할을 하게 된다. 각박하고 힘들게만 느껴지는 세상의 어둠을 작은 등불로 환하게 밝히고자 하는 염원이 부처님오신날의 등불공양에 담겨 있는 것이다.

넘쳐나는 지식과 정보 속에 살고 있는 우리들은 예전보다 더 많이 배우고, 더 많은 만남을 이어가고 있다. 그렇지만 예전보다 더 많이 행복해지지는 못한 것 같다. 오히려 그전보다 더 많이 미워하고 원망하며 남들 흉내 내기에 급급하다. 외부로부터 받아들이는 지식(知識)은 늘어난 반면 내 안에서 우러나오는 지혜(智慧)는 고갈되어 버린 것 같아 안타깝기만 하다.

높은 학력을 자랑하고 넓은 집과 큰 자동차를 소유했노라 과시하는 이는 많지만 그와 비례하여 걱정과 근심 속에 사는 이들이 넘쳐나고 우울증환자나 심리적 불안정을 호소하는 이가 늘어나고 있음도 사실이다. 그만큼 마음의 그늘을 가진 이들이 많아진 탓이리라.

지식만 있고 지혜가 없는 삶은 고통 속에 살아가는 중생의 삶이다. 내가 누군가를 미워하고 증오하면, 상대방이 괴로운 것이 아니라 바로 내가 괴로운 법이다. 욕망과 분노에 사로잡히면 지혜의 눈이 가려져 행복과 불행을 구분하지 못한다. 갈 길을 잊으면 어둠 속을 헤매는 것처럼, 지혜의 눈이 가려진 것이 어리석음이다. 이 때 나는 중생이 된다.

내가 가진 재산보다 나 자신이, 내 외모보다 나 자신이, 나의 주장보다 나 자신이, 세상 그 무엇보다 본래의 나 자신이 소중한 존재임을 아는 것이 지혜이다. 편견 없이 있는 그대로 바라볼 수 있는 여실지견(如實知見)의 지혜가 있다면 그 때 내가 부처가 되는 것이다.

누군가와 만날 때, 그의 재산과 명예와 학벌과 외모가 아니라 바로 그 사람 자체가 소중하게 느껴지면, 그와의 관계는 그 자체로 아름다운 인연이 된다. 나와 가족과 이웃을 이렇게 있는 그대로 아름답게 보는 것이 지혜이다.

내가 나의 소중한 아름다움을 잃을 때 나는 중생이다. 그러나 그 소중함을 깨달을 때 나는 부처가 된다. 우리는 부처님오신날 절에 가서 복을 빌고 비빔밥 한 그릇 얻어먹는 데 그칠 것이 아니라, 밝혀진 연등 속에 중생의 모습이 아닌 부처의 모습을 지닌 나를 발견할 수 있어야 한다. 그럴 때 비로소 부처님오신날은 2500년 전의 역사적 사건에 그치는 것이 아니고, 진정한 부처님의 생일이 될 수 있을 것이다. 부처님오신날은 지혜롭게 깨달음의 삶을 살아가는 우리들 모두의 생일인 것이다.

등불 하나하나가 이 세상 모든 중생의 무명을 밝히는 지혜의 등불이 되기를 기원해 본다.

명절 때가 되면 병영은 괜스레 썰렁해지기 마련이다. 물론 부대별로 합동차례도 지내고 단합대회다 체육대회다 해서 즐거운 프로그램들이 많이 마련되지만 그래도 가족들과 헤어져 고향으로부터 멀리 떠나온 심정이야 굳이 일러 무엇하겠는가? 명절이 되면 법당에서 떡이나 과일을 마련해서 격오지 부대를 방문하곤 했었는데 아쉬운 대로 고향을 떠나온 아쉬움을 달래기에 그때만큼 가슴 설레는 때가 없었다. 그들과 이야기를 나누다 보면 정말 팔도사나이들이라는 말이 실감난다.

사람들에게는 누구나 고향이 있기 마련이다. 내가 태어난 고향, 태어나 어린 친구들과 어울려 놀던 고향, 부모와 형제가 동고동락(同苦同樂)하던 고향.

정말 생각만 해도 즐겁고 가만히 미소가 떠오르게 하는 것이 바로 고향이라는 말이다.

최근의 한 통계에 의하면 천만 명이 넘는 서울 인구 가운데 70%이상
이 서울을 고향으로 하고 있지 않은, 즉 타향에서 이주해 온 사람들이라
고 한다. 그래서 매년 명절이면 이들이 고향을 찾아가느라 그야말로 귀성
전쟁을 벌인다.

많은 사람들은 어린 시절의 고향을 잊지 못한다. 고향을 떠나온 사람
치고 고향을 그리워하지 않는 사람이 있을까? 아무리 어렵고 힘든 가난
한 시절이었다 하더라도 그 시절의 추억에 가슴이 짜릿해 보지 않은 사람
은 없을 것이다. 그러나 이러한 잃어버린 고향에 대한 향수와 고향을 다
시 찾아가 보고 싶은 회귀 본능을 누구나 가지고 살고 있는 우리는, 태어
난 현실의 고향 못지않게 잊고 있는 고향이 있음을 알아야 한다. 그것은
다름 아닌 우리들의 마음의 고향이다.

마음의 고향. 어느 누구가 마음의 고향을 갖고 있지 않은 사람이 있
겠느냐고 되물을 수도 있겠지만 대개의 현대인들은 진정한 마음의 고향
을 잃어버린 채 살고 있는 것 같다.

명절을 맞아 비록 몸은 멀리 떨어져 가족들과 함께 하지 못하지만 마
음만은 순수하고 맑게 고향의 어머니를 생각하며 눈물 글썽이는 병사들
을 보면서 마음의 고향은 그리 멀지 않은 곳에 있음을 실감하곤 한다.

마음의 고향은 바로 청정심(淸淨心)이다. 본래부터 맑고 깨끗한 불성
의 고향이 마음의 본래 있던 고향인 것이다. 우리가 태어난 현실적인 고
향 못지않게 본래 마음자리가 정말 중요한데 사실 우리는 이 본래 마음자

리를 찾아보려조차 하지 않는다. 고향에서 멀리 떠나오면 떠나올수록 고향이 그리워지는 법인데 마음의 고향만큼은 그러지 못하는 모양이다.

탐내고 성내고 어리석은 삼독의 마음에 휩싸여 본래 가지고 있던 청정한 마음으로부터 너무도 멀리 떠나와 거기에서 비롯된 무명과 번뇌와 삿된 욕망에 우리의 청정한 마음의 고향이 잊혀져 가고, 가려져 있는 것이다.

그래서 부처님께서는 〈법화경〉에서 이 세상을 불타는 집으로 비유하셨던 것은 아닐까. 힘들고 어렵다고만 느껴지는 삶의 현실 속에서 명절에 고향으로 돌아가려는 노력과 정성의 절반만이라도 내 마음의 청정한 본래자리로 돌아가고자 하는 마음을 낸다면 우리네 삶은 달라질 수 있을 것이다. 마음의 고향으로 가는 길은 바로 부처님을 만나러 가는 길인 것이다.

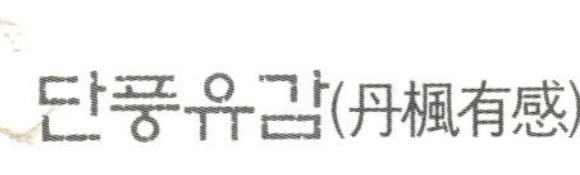

단풍유감(丹楓有感)

가을이다. 산과 나무가 아름다운 색으로 물들고 덩달아 바라보는 사람들의 마음도 물든다. 사춘기 소녀의 감성이 아니더라도 이 가을에 곱게 변한 단풍과 떨어져 뒹구는 낙엽을 바라보는 마음은 누구나 시인이 되고 덧없는 인생과 변화하는 삶을 이야기하게 된다.

지난 주말 전국적으로 단풍나들이를 나온 관광객들로 인해 유명한 명산들이 몸살을 앓을 정도였다고 하니 이 가을의 단풍을 바라보는 마음들은 거창한 사색의 시간을 갖는 철학자의 마음까지는 아니라 하더라도 그저 바라만 봐도 미소가 지어지고 설레는 마음은 어쩔 수 없는 모양이다.

단풍을 보면 흔히들 '예쁘다', '아름답다'라고 한다. 그런데 얼마 전 우연히 '단풍은 나뭇잎이 죽기 앞서 장렬하고도 슬픈 예식을 치르는 것'이라는 국립수목원의 이유미 박사의 글을 읽었다. 단풍을 그저 예쁘게만 볼 일이 아닌가 보다. 빨갛고 노란 그 이파리들이 나무로 봐서는 아픔이고 고통의 드러냄이란 것이다.

나무가 신록의 여름에서 겨울로 넘어가는 과정에 환경에 적응하기 위한 아픔의 표현이 단풍이요, 낙엽이라는 글을 읽으며 여러 가지 생각을 하게 되었다.

물들어가는 그 아픔이 반드시 있어야만 된단다. 그래야 낙엽이 되어 떨어지고, 떨어져야 이파리가 쌓이고 썩어서 거름이 되어 겨울을 이겨낼 수 있다는 것이다. 그래야 봄을 맞아 꽃을 피워내고 새순이 돋을 수 있다니 집착을 내려놓고 비워야 얻을 수 있다는 부처님 가르침이 새삼스레 와 닿는다.

로키 산맥 해발 3천 미터 높이에 수목 한계선인 지대가 있는데 이 지대의 나무들은 매서운 바람으로 인해 곧게 자라지 못하고 이리 뒤틀리고 저리 뒤틀려 '무릎 꿇고 있는 모습'을 한 채 자생한다고 한다. 이 나무들은 열악한 조건이지만 생존을 위해 불가사의한 힘으로 인내하며 조금씩 아주 조금씩 자라나게 된다. 그런데 세계적으로 가장 공명이 잘 되는 명품 바이올린은 바로 이 '무릎 꿇고 있는 나무'로 만든다는 이야기를 들은 적이 있다.

우리가 세상을 살아가면서 흔히들 어려운 일이 있거나 힘든 일을 만날 때, 도망가려 하거나 외면하려는 경우가 많다. 그저 쉽게 살려고만 하고 편안하게 살려고만 한다. 왜 나에게 이런 시련이 닥쳐오는가? 원망하고 한탄하면서 좌절하고 낙망하기도 한다. 그러나 똑같은 시련과 역경이 찾아오더라도 그 역경을 통해 성숙하고 한 걸음 더 나아가는 사람이 있는가 하면, 오히려 주저앉고 포기해 버리는 경우도 있다.

같은 바람이 불어도 어떤 배는 그 바람 때문에 더 힘차게 나아가고 어떤 배는 그 바람으로 침몰하게 되기도 한다. 아픔과 상처를 새롭게 거듭날 수 있는 양분으로 삼는다면 보다 더 성숙하고 발전할 수 있는 계기가 될 수도 있을 것이다. 걸림돌을 디딤돌로 삼는 지혜가 필요하다.

'보왕삼매론'의 마지막 부분에서는 이렇게 이르고 있다.

'어찌 저의 거슬리는 것이 나를 순종함이 아니며, 제가 방해한 것이 나를 성취하게 함이 아니리요. 요즘 세상에 도를 배우는 사람들이 만일 먼저 역경에서 견디어 보지 못하면 장애에 부딪힐 때 능히 이겨내지 못해서 법왕(法王)의 큰 보배를 잃어버리게 되나니 이 어찌 슬프지 아니하랴.'

아름다운 영혼을 갖고 인생의 절묘한 선율을 내는 사람은 아무런 고난 없이 좋은 조건에서 살아온 사람이 아니라 온갖 역경과 아픔을 겪어온 사람인 것이다.

지금 이 순간을 어떻게 살고 있는가

아주 짧은 순간의 단위를 불교에서는 찰나(刹那)라고 한다. 그야말로 눈 깜빡 할 사이인 것이다. 그 짧은 찰나를 어떻게 보내는지가 삶의 가치를 결정짓는다고 하면 지나친 말일까? 우리는 항상 내일을 바라보며 살지만 막상 오늘, 지금, 이 자리, 이 순간을 살피는 일에는 인색하다.

백수의 제왕인 사자가 들판에서 쥐 한 마리를 잡기 위해서도 바로 찰나의 그 순간에 최선을 다하여 초원을 질주한다고 한다. 엄청난 힘과 능력을 가지고 있지만 대강 대강 걷지 않는다는 것이다. 우리가 즐겨보는 프로야구에서도 투수가 타자를 상대로 매번 전력투구(全力投球)하는 것을 보곤 한다. 공 하나하나에 최선을 다해 타자를 제압하려 혼신의 힘을 쏟는다. 투수가 던지는 공 하나로 팀의 승부가 가려지는 상황이기에 마운드에 오른 프로야구 투수에게 대충 한번 던져보는 공이란 있을 수 없는 일인 것이다.

그런데 우리들은 사실 평소에 이러한 치열한 삶의 태도를 견지하지 못하고 있다. 항상 미래의 꿈과 성공을 이야기하면서도 오늘 지금 이 순간에 대한 살핌에는 어두운 것이 사실이다.

이 세상의 모든 존재는 기쁨과 보람 속에 살기를 원하고 있지만 인생의 기쁨은 그냥 얻어지는 것이 아니다. 매순간 최선을 다하고 땀을 흘린 뒤에야 느낄 수 있는 것이다. 보람은 하루하루가 모아진 땀의 산물이며, 정성어린 수고의 대가이다. 내가 지금 이 현실 속에서 스스로 만들고 찾아야만 한다. 어디에서 무엇을 하고 있건간에 그 자리, 그 순간에 의미를 부여하고 기쁨을 찾을 수 있어야 하는 것이다.

중국 송대 선종(禪宗)의 화두집(話頭集)으로 유명한 〈벽암록(碧巖錄)〉에는 다음과 같은 구절이 있다.

내 인생에서 가장 행복한 날은 언제인가
바로 오늘이다.

내 삶에서 절정의 날은 언제인가
바로 오늘이다.

내 생애에서 가장 귀중한 날은 언제인가
바로 오늘 '지금 여기'이다.

어제는 지나간 오늘이요,
내일은 다가오는 오늘이다.

그러므로 오늘 하루를
이 삶의 전부로 느끼며 살아야 한다.

순간이 모여 인생이 되는 것.
찰나(刹那), 이 짧은 순간에 담겨 있는 영원의 지혜를 우리는 깨달아
야 한다.

어떤 만남, 어떤 인연인가?

우리들이 살아나가면서 가장 많이 쓰는 말 가운데 하나가 아마 '인연'이 아닐까 싶다. 사람과의 만남, 사물과의 만남, 시간과의 만남, 공간과의 만남. 이렇게 많은 인연의 인(因)이라는 것은 결과에 관련된 원인, 연(緣)이라는 것은 결과를 초래하는 외부로부터의 움직임을 말하고 있다. 부처님의 가르침은 모두 인연소생(因緣所生)이라, 모든 것이 바로 인연에 의하여 생겨난다는 가르침을 바탕으로 하고 있다.

사랑하던 두 사람이 있었다. 그런데 두 사람의 사랑이 서서히 식어져 갔다. 지금까지 특별한 일 없이 원만하게 잘 지내 왔었는데 조금씩 사이가 멀어져 관계가 어색해지고, 다시 예전 같은 관계로 돌아가고 싶어도 어쩔 수 없이 그만 파국을 맞고 말았다. 주변에서 쉽게 접할 수 있는 일들이다.

　이처럼 사람과 사람이 만남을 이어간다는 것은 좀처럼 쉽지 않은 일이다. 세상에 그냥 이어지는 만남, 그냥 이루어지는 인연이 어디 있으랴. 다 가꾸고 정성을 기울여야 인연은 이어지기 마련인 것이다.

　인연이 끊어진 체험은 누구나 경험해 보는 일이다. 지금까지 강했던 인연의 실이 시간이 흐르면서 점점 가늘게 되어 자신도 모르게 툭 하고 끊어져 버리는 것이다. 한 번 단절돼 버린 연(緣)을 다시 잇기란 쉽지 않은 일이다. 왜냐하면 연이라고 하는 것은 살아 움직이는 것이기 때문이다.

　죽어버린 인연을 다시 살린다는 것은 거의 불가능에 가깝다. '실연(失戀)'이 좋은 예가 된다. 그 인연의 도리를 인정하고 받아들여 체념하려고 해도 그게 좀처럼 되질 않고 또다시 괴로워지는 것은 그 도리를 온전히 깨닫지 못했기 때문이다.

　인연이란, 맺음과 가꿈이다. '연(緣)'을 소중히 가꾸어 가려고 한다면 처음부터 '만남'이라는 '인(因)'을 소중히 해야만 한다. 작은 인연이 점점 크게 자라나게 되는 것이기에 누군가와 인연의 고리가 이어졌을 때 조금씩 더 크게 가꾸어 가지 않으면 안 된다. 그렇게 함으로써 보다 탄탄한 인연의 끈이 맺어지게 된다. 만나는 인연마다 좋은 인연 되도록 기도하는 마음이 되어야겠다.

　사찰에서 매일 새벽예불 때 독송하는 나옹화상의 '행선축원문'에 다음과 같은 내용이 있다.

문아명자면삼도(聞我名者免三途)

내 이름을 듣는 이는 지옥아귀축생의 괴로움을 여의고,

견아형자득해탈(見我形者得解脫)

내 모습을 보는 이 해탈케 하소서.

이 발원문을 마음에 새기며 읽다 보면 '나는 다른 이에게 어떠한 인연이 되고 있는가'를 먼저 살피게 된다. 언제나 좋은 만남과 좋은 인연을 기다리면서, 막상 나 자신은 나 아닌 다른 이에게 어떤 만남, 어떤 인연이 되고 있는가를 살피지 못했던 같다.

인연, 이것은 농사와도 같다. 가꾸어 가는 것이다. 봄에 씨앗을 뿌리지도 않고 가을에 거두어들일 수 있겠는가? 여름에 땀 흘리며 정성스레 가꾸지 않으면 풍성한 수확의 기쁨 또한 누릴 수 없는 법.

인연에 대해 감사한 마음을 갖는 것만으로도 우리는 겸허한 인간으로 다시 태어날 수 있을 것이다.

普鏡　217

法相
법상

좋은 인연을 만나 좋은 선배 도반들과
이렇게 한 마음으로 서로의 **마음**을 나누어 봅니다.
함께 **교감**하고 나눌 수 있는 공감대가 있고
같은 길을 걷는 도반이 있다는 것이
감사하게 느껴집니다.
하늘은 푸르고 산숲은 진중합니다.
이 좋은 날, 함께 걷고 싶은 마음으로
흔적을 남깁니다.

만남의 연기적 의미

일체 모든 만남은 때가 있는 법이다. 사람과의 만남도, 일과의 만남도, 소유물과의 만남도, 깨달음과의 만남도 그러하다. 아무리 만나고 싶어도 시절 인연이 무르익지 않으면 지천에 두고도 못 만날 수 있고, 아무리 만나기 싫다고 발버둥을 쳐도 시절의 때를 만나면 기어코 만날 수밖에 없다. 아무리 만나길 원해도 인연이 성숙하지 않았다면 아직은 차분한 마음으로 더 기다려야 할 때다. 시절 인연이 되어 만날 때, 그 때 더 성숙된 모습이 될 수 있도록 다만 자신을 가꾸어야 할 때인 것이다.

사실 우리가 만날 수 있는 인연은 내 밖의 상대를 만나는 것이 아니라 내 안의 또 다른 나를 만나는 것일 뿐이다. 모든 만남은 내 안의 나와의 마주침이다. 아무리 싫어하는 사람도 그 사람과의 만남은 내 안의 바로 그 싫은 부분을 만나는 것이며, 이기적인 사람을 만나도 내 안의 이기의 일부분이 상대로서 투영되는 것일 뿐이다. 그렇기에 내가 만나는 모든 인연은 어느 하나 소중하지 않은 것이 없다. 그것은 내 안의 놓치고 있던 나를 만나는 숭고한 '나를 깨닫는 일'이기 때문이다. 우리가 만나는 그 모든 사람은, 설사 그것이 아주 잠깐 스치는 인연일지라도 진지하고도 분명한 우주적인 메시지를 담고 온다.

그렇기에 모든 만남은 우리에게 삶의 성숙과 진화를 가져온다. 그래서 불가에서는 만나는 모든 사람이 부처요, 관세음보살이라고 했다. 좋은 사람이든, 싫은 사람이든, 적이든, 내 편이든, 이익을 주는 사람이든, 손해를 주는 사람이든, 그 모든 사람이 내게 진리의 메시지를 전해 주기 위해 이 법계에서 보낸 부처요, 관세음의 화신인 것이다.

이를테면 첫 만남에서부터 나를 미워하는 사람이 있다면 그 사람은 나를 강하게 만들기 위한, 내 과거의 탁한 업을 녹여주기 위한, 또 내 안의 미움을 생생하게 비춰주기 위한 법계의 배려로서 내 앞에 나타난 인연일 수 있는 것이다. 그러니 모든 종류의 만남은 다 좋은 것이다. 좋고 싫은 것 가운데 좋은 쪽을 택하는 그런 상대적인 좋음이 아닌, 좋고 싫음이 없는 전적으로 좋은 그런 것이다. 당장에는 나쁜 만남인 것 같아도 전체적인 관점, 전 우주적인 관점, 내 전 생애에서의 관점에서 본다면 그 만남은 내게 좋은 만남일 수 있다는 것이다. 그러니 그 사실을 올바로 볼 수 있는 사람은 모든 만남을 맑고 향기롭게 이어갈 수 있을 것이다. 그래서 내면이 성숙하면 만남도 성숙하지만 내면이 미숙하면 만남도 미숙할 수밖에 없다. 성숙한 사람에게 모든 종류의 만남은 곧 부처와의 만남처럼 신성한 것이지만, 미숙한 사람에게 만남은 울림이 없고 향기가 없다.

내면이 좀 더 성숙해져 내 마음이 빛을 보면 시절 인연을 기다릴 것 없이, 바로 지금 이 순간 온 우주와 만날 수 있다. 바로 지금 내가 만나는 사람이, 바로 지금 내 앞에 있는 일과 직업이, 바로 지금 내가 소유하고 있는 소유물과의 만남이, 바로 지금 내 주위에서 매일같이 부딪치는 친지, 친구, 가족들과의 만남이 모두 온전한 부처와의 만남이요 진리와의 만남일 수 있는 것이다. 그 누구와도 이미 청정한 만남은 이루어진 것이다.

지혜로운 네 가지 삶의 방식

나는 늘 네 가지 삶을 꿈꾸고 산다. 내가 원을 세우고 실천하고자 노력하는 삶, 그것은 바로 '깨어 있는 삶', '조화로운 삶', '소박한 삶' 그리고 '나누는 삶'이다. 난 이 네 가지 삶이 내 안에 깊이 파도쳐 들어와 세포가 되고 골수가 되며 우뚝 선 정신이 되기를 늘 서원하고 있다.

먼저 '깨어 있는 삶'이란, 불교 수행자라면 누구나 잘 알고 있듯이 지관(止觀)과 정혜(定慧), 즉 마음을 비우고 알아차리는, 집착을 버리고 비추어 보는 두 가지 수행을 말한다. 깨어 있으려면 마음에 번뇌와 집착, 욕심과 바람을 먼저 비울 수 있어야 한다. 또한 마음의 온갖 번뇌를 비우고자 한다면 있는 그대로 잘 지켜보면 된다. 번뇌며 욕심, 집착이며 바람들을 있는 그대로 잘 지켜보면 애써 비우고 없애려고 애쓰지 않아도 저절로 사라지게 마련이다. 그래서 깨어 있는 삶이 중요한 것이다. 매 순간 깨어 있으면 그 자리에서 자족(自足)과 평화를 얻게 되며 나아가 지혜를 증득하게 된다.

두 번째 내가 꿈꾸는 삶은 바로 '조화로운 삶'이다. 대자연과의 공존과 공생, 생명 있고 없는 모든 것들과의 조화로운 관계 속에서 살아가는 삶, 즉 대자연이라는 비로자나 진법신(眞法身)과 조화를 이루며 사는 삶이다. 산과 들, 나무와 들풀, 계곡과 숲, 그리고 모든 짐승과 곤충들을 비롯한 모든 대자연 식구들과 둘로 나뉘지 않으며 서로 조화를 이루고 공존하며 살아가는 삶. 그것이야말로 이 세상에서 모든 사람, 모든 생명이 지속가능한 평화를 이루며 살아갈 수 있게 해주는 삶이다. 대자연에 마음을 두게 되면 욕망과 이기는 저절로 소멸된다.

세 번째는 '소박한 삶'이다. 이것은 청빈, 가난, 자족, 절약의 정신과도 맞닿아 있다. 스스로 만족하며, 절제와 절약을 지키며, 최소한의 필요에 따른 소박하고 가난한 삶을 살아가는 것. 그것이야말로 우리 인간의 정신을 가장 고귀하게 일깨워주며 속 뜰의 본래 향기를 환히 밝혀주는 삶의 본보기다. 요즘같이 청빈의 정신이 고갈되어 있는 이 때에 스스로 가난을 선택할 수 있는 용기와 지혜야말로 가장 소중한 덕목이다.

네 번째는 '나누는 삶'이다. 스스로 아무리 행복하고 만족한들 이웃의 불행과 가난, 기아와 질병 등을 외면하고 방치한다면 그것은 진정 건강한 부유함도, 참된 행복도 아니다. 내가 행복하게 밥을 먹고 공부하고 있는 이 순간도 이 세상 다른 곳에서는 수많은 이들이 가난과 기아에 헐벗어 굶주리고 죽어가고 있다. 깨달음을 얻었다 한들 그것이 세상으로 회향(回向)되어지지 않는다면 그것은 참된 지혜가 아니다. 참된 지혜는 이 세상의 아픔이 바로 나의 아픔이기에 내 것과 네 것이라는 차별이 없는 동체대비(同體大悲)의 자비정신이다. 너와 내가 둘이 아니라는 동체에서 나오는 대자대비의 정신이야말로 나 자신과 이웃, 이 온 세계를 밝히는 지혜와 자비의 근본정신이자 실천행이다.

이상의 네 가지 삶의 모습, 나는 이 말만 들어도 가슴이 부풀어 오르고 설렌다. 물론 아직 그런 삶과 일치하지 못한 나의 모습이 부끄럽긴 하지만 그래도 내 삶에 지침이 되는 이 길이 있기에 늘 행복하다. 이따금 이 네 가지 삶의 모습에 나 자신을 비추어 보며 내 삶이 올바로 가고 있는가 스스로 점검하곤 한다. 때때로 삶의 발길을 멈추고 자신을 점검해 보자. 나는 과연 얼마나 깨어 있는, 조화로운, 소박한, 나누는 삶을 실천하고 있는가?

우연은 없다

어떤 존재도, 어떤 사건도 따로 떨어져 홀로 일어나지 않는다. 그 모든 존재며 사건도 서로 깊은 연관을 가지고 일어난다. 모두가 그럴만한 인연 따라 정확한 필요에 의해 일어난다. 모두가 전체성이다. 모든 것이 전체의 조화 속에서 이루어진다. 모든 것은 분명한 존재의 이유를 가지고 나타난다.

진급에서 떨어졌다고? 다리가 부러졌다고? 원하던 대학에 떨어졌다고? 사고를 당해 불구자가 되었다고? 그 모든 것이 우연히 일어난 일이라고? 그렇지 않다. 우연히 일어나는 일은 없다. 그것은 분명한 이유를 가지고 있다. 분명하게 짜여진 인과(因果)의 연극, 법계의 연극 각본에 따라 꼭 그 때, 그 장소에 그 일이 일어나게 되어 있다.

예를 들어 어느 날 갑자기 몸에 큰 병이 왔다고 생각해 보라. 그것은 그냥 어쩌다 보니 병이 온 것이 아니다. 그것은 온 우주 법계 전체와 나와의 관계 속에서 병이 난 것이다. 온 우주의 허락 없이 몸에 병이 오는 일은 없다. 진리의 허락 없이 병이 내게 온 것이 아니다.

좀 심한 비유지만, 길을 지나가다가 우연히 2층에서 떨어뜨린 화분에 맞았다고 치자. 그것은 결코 우연이 아니다. 왜 하필이면 그 사람이 맞았으며, 하필이면 그 시간에 그 공간에 정확히 그 화분을 떨어뜨릴 수 있었겠는가. 그것은 화분을 떨어뜨린 사람과 화분에 맞은 두 사람만의 문제에서 멈추지 않는다. 거기에는 조금 더 복잡한 우주적이고 전체적인 인과의 비밀이 숨겨져 있다. 그것은 온 우주 법계에서 내린 다르마(法)의 명령이다.

내가 나무 한 그루를 자를 때에도 그것은 단순히 나무 한 그루를 자르는 것이 아니라 온 우주 법계의 생명을 잘라내는 것이다. 나무 한 그루가 잘려나갈 때 이 우주의 생명의 기운 또한 그만큼 스러져간다.

우연은 없다. 어쩌다 보니 그렇게 될 수는 없다. 내가 탄 차가 산길에서 미끄러져 낭떠러지로 떨어졌는데 마침 낭떠러지 중턱에 있던 나무 한 그루에 걸려 목숨을 구했다면, 그것은 우연의 일치일까. 그렇지 않다. 그것은 우연이 아니다. 그 나무는 아주 오랜 시간 동안 그 일을 돕기 위해 그 자리에 있었던 것이다.

모든 것이 이와 같다. 내가 삶 속에서 만나는 그 모든 사람들이, 그 모든 사건들이 분명히 그 때 나와 꼭 만나야 하는 사람이고 사건이다. 분명한 이유를 가지고, 그것도 나를 돕기 위한 대자비의 마음을 가지고 내 앞에 나타난 것이다. 나라는 진리성, 나라는 전체성의 법신이 그 존재를 만나게 했으며, 그 사건을 만나게 했다. 즉 그 모든 일은 다 내 깊은 영혼의 선택이다. 그리고 그 선택은 언제나 옳다. '나'에 갇힌 관점이 아닌, 전체적인 법계의 관점에서는 언제나 옳다. 그러니 우리가 할 일은 완전히 받아들이는 일이다.

내 삶 속에서 만나는 모든 사람을, 모든 사건을, 모든 아픔을 있는 그대로 받아들이라. 완전히 수용하라. 대 긍정, 무한 긍정의 관점에서 한 점 의혹도 없이 받아들이라. 분별하지 않고 받아들이는 바로 그 순간 내 삶에는 기적과도 같은 변화가 일어난다. 경이로운 삶의 신비에 눈뜨게 된다.

무분별의 지혜를 따르라

이 세상은 본래로 완벽하고 완전하다. 온전한 지혜가 이 세상을 움직이는 근원에 흐르고 있다. 이 법계 어느 구석에도 애초부터 불완전하게 삶을 부여받은 존재는 없다. 사람들도 그렇고 동물, 식물, 미생물에 이르기까지 일체 모든 존재는 모두가 제 삶의 몫을 정확하게 알고 있다. 그러나 단 하나, 사람들의 욕심과 분별에서 오는 관념이 그런 법계의 여법한 모습에 동참하지 않고 있다.

우리는 생각과 분별의 지식에서 나온 답만을 찾고 있다. 대자연 법계의 답변을 기다리는 것이 아니라 우리 머리로 짜낸 답을 기다리고 있다. 대자연 법신은 옳고 그르고를 나누지 않은 무분별의 절대 긍정의 답을 항상 나투고 있지만, 아직 사람들은 그 법계의 답보다 사람들의 머릿속에서 짜내어진 답을 더 올바른 것으로 믿고 있다.

이제 인류가 그동안 해왔던, 과학 산업 발전이 만들어낸 대량살상, 대량생산, 대량소비의 패턴을 전면 재고해야 한다. 당장에는 편안하고 편리할지 모르지만 분별지가 만들어낸 과학과 산업의 발전은 더 큰 불안과 전 지구적이고 총체적인 위기만을 남겼을 뿐이다.

우리 머릿속에서 나온 이 분별의 지식은 단지 작은 편리를 가져왔을 지언정 평화와 지혜를 가져다주지는 못했다. 이제 그런, 옳고 그른 두 가지로 나누고 그 가운데 옳음을 선택하는 그런 분별의 지식은 놓아버릴 때가 되었다. 그로 인해 세상이 더럽혀지고, 온 우주가 시름시름 앓고 있다.

예를 들어, 몸의 어느 한 부분이 좋지 않다고 하면 그 부분만을 보고 약 처방을 해주지만, 그건 내 몸 전체적인 문제이지 그 부분만의 문제가 아니다. 세상도 마찬가지다. 세상의 어느 한 부분에 문제가 생기면 그 부분만을 보고 그것만을 임시방편으로 고칠 수 있는 것을 생각하지, 전체적인 통찰의 지혜를 닫아버린 지 오래다.

온 우주는 어느 하나 서로 깊은 인연관계 속에 이루어지지 않은 것이 없다. 모든 존재며 생명들은 어느 하나 중하고 천할 것도 없이 서로가 서로를 살려주는 온전한 진리의 모습을 하고 있다. 그렇기 때문에 우리 삶의 모든 문제를 풀어내려면 온 우주 법계 전체를 보아야 하고 전체적인 통찰의 지혜가 절실하게 요청된다. 그럼에도 불구하고 그동안 사람들은 인간만이 중하고 자연은 그렇지 못하다거나, 대자연을 훼손시켜 개발하는 것은 옳고 가만 놔두는 것은 그르다거나 하는 등의 나눔과 분별에서 오는 지식들만을 최고의 가치로 알고 살아왔다. 신과 인간을, 인간과 자연을, 나와 너를 나눌 것이 없고, 더 옳고 그른 가치를 따질 것 없는 무분별의 지혜는 무시해 왔다. 차별 없이 모든 존재가 다 옳고 다 중하며 전체가 그대로 진리의 나툼인 그런 대자연 법신의 무분별지(無分別智)는 안중에도 없다.

그런 모든 분별에서 오는 지식은 온전하지 못하다. 옳고 그름을 나누지 않고 그 둘의 양 변을 초월하는 전체적인 지혜, 전일성(全一性)을 바탕으로 하는 지혜, 그러한 법신의 반야(般若) 지혜야말로 오탁악세(五濁惡世)의 인류가 가진 모든 문제를 해결할 수 있는 대안이 될 수 있다.

분별의 양 변을 버리고 무분별의 중도 지혜를 따르라. 인간의 극단으로 치닫는 분별지를 버리고 이 우주법계의 함이 없는 무위의 무분별지를 따르라.

모든 순간이 새롭다

텅 빈 시선으로 맑게 세상을 보기 위해서는 우린 어린아이가 되지 않으면 안 된다. 세상에 처음 태어난 아기의 시선으로 세상을 볼 수 있어야 한다. 그 때 우린 세상을 상대로 그 어떤 시비나 분별도 일으키지 않을 것이며 새롭고 경외에 넘치는 시선으로 세상을 바라볼 수 있을 것이다. 어제나 그제, 혹은 지금까지 살아온 나이만큼의 세월 동안 내가 살아왔던 모습으로서 오늘을 똑같이 사는 것이 아니라 어제의 일은, 아니 조금 전의 일까지라도 모두 비워버리고 오직 지금 이 순간으로서 세상을 보라.

이 세상엔 똑같은 것이 하나도 없다. 야생적이며 자연적인 것들에게서는 똑같은 것을 찾을 수 없다. 진리와 합일하여 살아가는 모든 존재에게서 똑같은 것이란 있을 수 없다. 같은 꽃이라 할지라도 똑같은 꽃은 없으며, 똑같은 기후조건 아래에서 자란 나무들 또한 똑같은 나무가 아니다.

사람도 마찬가지다. 이 세상에 수많은 사람이 있지만 똑같은 사람은 있을 수 없다. 아마도 인류 역사상 전 인류의 시공을 통틀어 똑같은 모습과 삶, 생각을 가지고 산 사람은 단 한 명도 없었을 것이다.

어제의 하늘은 어제의 하늘일 뿐 오늘의 하늘은 전혀 다른 별개의 하늘이다. 어제의 나무며 들꽃들과 오늘의 나무며 들꽃은 서로 같지 않다. 전혀 새로운 오늘을 맞이하고 있다. 날마다, 아니 매 순간순간 전혀 새로운 찰나 찰나가 있을 뿐이다. 그것이 이 세상의 본래적인 모습이며 진리 본연의 모습이다. 그렇다면 우리도 진리 본연의 모습을 따라야 하고, 그것은 바로 매 순간순간을 전혀 새롭게 보는 것이다. 그것이 바로 깨달은 이들의 세상을 보는 방식이 아니겠는가.

어제의 관념으로 오늘을 판단해서는 안 된다. 어제의 편견을 오늘까지 가져오지 말라. 지나간 과거에 만들어진 선입견으로 지금을 판단하는 것이 아닌, 갓 태어난 어린 아이가 세상을 바라보듯 전혀 새로운 텅 빈 시선으로 지금 이 순간을 바라볼 수 있어야 한다.

어떤 것을 바라볼 때, 배울 때, 혹은 진리를 공부할 때, 과거에 배워왔고 익혀왔던 그것들을 가지고 듣고자 한다면 점점 더 진리와는 멀어지게 될 것이다. 참으로 진리를 알고자 한다면, 참되게 이 세상을 있는 그대로 보고자 한다면, 한 번도 본 적 없는 새로운 것을 보는 것처럼 보아야 한다.

보통 사람들은 법문을 들을 때도 혹은 책을 읽을 때도 그것을 온전하게 받아들이지 못한다. 자신의 편견으로써 걸러 보며, 자신의 견해와 합당하는 것들만을 선택적으로 받아들이기 때문이다. 그랬을 때는 천 권의 책을 읽더라도 참되게 읽은 것이 아니며, 다만 내 안의 신념을 강화시켰을 뿐이다.

지금 이 순간 이 세상은 전혀 새로운 곳이다. 내 눈에 보이는 모든 대상들은 내가 처음 보는 것들이다. 눈이 내려도 항상 첫눈이며, 사랑도 항상 첫사랑일 뿐이고, 바람이 불더라도 항상 새로운 바람일 뿐이다.

잠시 고개를 들어 하늘을 바라보라. 늘 행하던 일이라도 전혀 새로운 시선으로 그 일을 시작해 보라. 어린 아이가 되어 숲길을 거닐어 보라. 처음 보는 듯 피어나는 봄꽃을 바라보라. 평소 때와는 다르게 조금 더 깊이 바라보라.

날마다 새롭게 피어날 때 매 순간순간은 기적과도 같은 진리의 순간이 될 것이다.

그냥 존재하는 시간

그냥 있어 보라. 아무것도 하지 말고 그저 지금 이대로 다만 존재해 보라. 무엇을 하면서 있는 것이라거나, 무엇을 위해 있는 것이라거나, 왜 있다거나, 어떻게 있다거나, 어느 자리에, 어느 때에 있다거나 그런 것 말고 그저 아무 이유 없이 그냥 있을 수 있다. 우린 모두 지금 이 자리에 그냥 이렇게 있지 않는가. 그냥 그거면 충분한 것이다.

자꾸 더 이상을 바라지 말라. 이유를 붙이지도 말고, 잡다한 것은 다 놓아버리고 그냥 그렇게 있기만 하라. 무엇을 하면서 있지 말고, 무엇을 꿈꾸지도 말라.

너무 바삐 달려가지 말라. 세상이 바빠졌다고 나까지 바빠질 필요는 없지 않은가. 세상이 번잡스러워지다 보니 또 그 속에 너무 익숙해지다 보니, 평온과 고요한 침묵을 견디지 못하는 모습들을 많이 보게 된다. 얼마나 안타까운 일인가.

심지어 충분한 휴식과 평화의 시간이 오더라도 사람들이 그런 시간을 애써 피해버린다. 가만히 있지를 못한다. 친구에게 전화라도 걸어야 하고, 신문이라도 봐야 하고, 심지어 없는 걱정이라도 만들어 해야지, 아무것도 하지 않으면 못 견딜 만큼 우리의 정신은 혼란과 번뇌에 익숙해졌다.

사실 평화로움과 고요한 침묵을 누릴 수 있는 감각은 누구에게나 이미 주어져 있다. 별도로 애써서 찾아야 하는 것이 아니다. 그 평온의 감각을, 속 뜰의 본래 향기를 되찾을 수 있어야 한다. 그러려면 그냥 있어야 한다. 무엇을 자꾸 하려 하지 말고, 무엇이 되려고 애쓰지 말고, 찾아 나서지 말고 그냥 있으면 된다. 지금 여기에 그냥 있으면 된다. 가만히 비추어 보고 그저 느끼면 된다. 그렇게 아무것도 도모하지 않고 그냥 존재했을 때, 지금 그 자리가 다 된 자리이고, 다 이룬 자리이다. 이미 다 되어 있는 사람이기 때문에 자성불(自性佛)이라 하는 것이고 신성(神性)이라 하는 것이다. 깨달음이란 애쓰고 노력해서 얻는 것이 아니다. 이미 구족되어 있는 것이다. 다만 우리가 보지 못하는 것일 뿐, 그러나 보지 않는다고 법비(法雨)가 그치는 것은 아니다.

우리의 욕망과 집착이 본래 우리 안에 구족되어 있는 밝은 불성이며 영성을 보지 못하게 만들고 있을 뿐이다. 하고자 하고, 되고자 하는 욕망 때문에 지금 이 자리에서 만족하지 못하고 자꾸만 찾아나서는 것이다.

우리들의 가장 큰 문제는 지금 이대로 완성된 자성불이라는, 지금 이대로도 충분하고 꽉 차 있다는 그 사실을 믿지 않으려는 데 있다. 그러다 보니 자꾸 무언가를 찾아나서는 것이다. 무언가를 얻어야 하고 무언가가 되어야만 행복할 거라고 믿는 것이다. 사실은 그 마음이 모든 괴로움의 주된 원인이다. 어떻게 하면 잘할까를 생각지 말고, 어떻게 하면 아무것도 하지 않을 수 있을까를 생각하라.

꼭 해야 할 것이라도 함이 없이 할 수 있어야 한다. 한 치라도 머무름이 있어서는 안 된다. 즉 일을 하더라도 그 일에 집착함이 없이 할 수 있어야 한다는 말이다. 집착 없는 행동은 그림자를 남기지 않으며, 미련을 남기지 않는다. 그저 그 순간 행함으로써 모든 것이 끝난다. 티끌을 남기지 않는다. 그래서 집착 없는 행은 과거를 남기지 않고 오직 현재의 순간만을 깨어 있는 정신으로 살 수 있게 해 준다. 매 순간 온전한 휴식을 가져다준다. 일을 하면서도 함이 없이 하면 그것은 휴식의 순간이 된다.

그래서 함이 없음을 행하는 일이 가장 중요한 수행자의 일 없는 일이라고 하는 것이다. 일을 잘 하는 것보다 본래 일 없는 것이 더 근원적이다. 무위(無爲)로서 행하라는 말이다.

지금 이대로도 충분하다. 하려고 하는 마음, 되려고 하는 마음만 놓고 그냥 푹 쉬면 되는 것이다. 잘 쉬는 일이 가장 잘 하는 일이다. 그저 다 놓아버리고 푹 쉬기만 하라. 그냥 있으라.

신념도 놓아버리라

사람은 처음 태어나면서부터 수많은 경험을 하게 된다. 그리고 그 경험은 아무런 시비 분별도 없고, 다만 경험 그 자체로서 받아들여진다. 그들에게 있어 모든 경험은 좋고 싫은 것도 아니고, 옳고 그른 것도 아니다. 아무런 분별없이 있는 그대로 다만 느끼기만 할 뿐이다.

그러나 나이가 들어가면서 그런 천진불(天眞佛) 어린 아이도 조금씩 경험에 시비와 분별을 붙이게 된다. 그런 시비 분별은 곧 신념(信念)을 만들어 낸다. 경험을 통해 신념을 만들어 가는 것이다. 그리고 그렇게 만들어진 신념은 또 다른 경험을 만들어 낸다. 그리고 그 경험은 또 다시 그 신념을 뒷받침해 주고 증명해 주게 된다. 그럴수록 그 신념은 보다 확고해지고 그 신념에 점점 더 집착하게 된다. 그런 방법으로 우린 온갖 신념을 늘려나간다. 그것이 늘어갈수록 혹자는 그것을 지식이라고도 하고, 가치관이라고도 함으로써 그것이 올바른 것인 양 착각하게 만들고 거기에 고집하게 만든다.

요즘 마음공부와 명상이 사람들의 키워드가 되면서부터 온갖 종류의 명상 프로그램들이 등장하고 있는데 어떤 곳에서는 바로 이 점을 악용하고 있기도 하다. 신념이 세상을 만들어낸다는 사실. 바로 이 하나의 사실만을 가지고 그 신념을 바꾸도록 온갖 방법으로 이끈다.

그러나 여기에는 크게 간과하고 있는 것이 있다. 바로 신념이 만들어내는 경험은 참이 아니라는 사실이다. 부처님께서도 마음이 세상을 만들어 낸다고 말씀하셨지만, 그렇게 만들어진 세상은 거짓이라고 하셨다. 꿈이고 환상이며 신기루이고, 공(空)이라고 말씀하셨다. 그렇기 때문에 마음 이전의 자리를 깨닫도록 이끄시지, 마음을 가지고 시비 분별을 하라고 하지는 않으셨다.

신념을 또 다른 신념으로 바꾸거나 덮어버림으로써 문제를 해결하도록 하지 않으시고, 신념 그 자체를 비워버릴 수 있도록 이끄셨다. 그 어떤 경험이든 그 경험에 신념을 부여하게 되면 그 때부터 그 경험은 어느 한 쪽으로 치우쳐진 거짓의 경험이 되고 만다. 신념을 가지면 이 모든 진리의 경험이 그로 인해 삐뚤어지고 왜곡된다.

물론 부정적인 신념을 긍정적인 신념으로 바꾸는 것은 좋은 일이다. 그러나 본질적인 것은 아니란 말이다. 그런 수련을 통해 본질을 깨닫게 될 수는 없다. 생각을 다른 생각으로 덮더라도 그것은 여전히 생각의 굴레를 벗지 못하는 것이다. 다만 생각을, 신념을 놓아버렸을 때만 신념 이

전의 깊은 본질을 만날 수 있는 것이다. 부정과 긍정이라는 것도 내 스스로 만들어 낸 신념일 뿐이다. 과연 절대적 긍정과 절대적 부정이 있기나 한가. 그것도 내 판단 속에서의 긍정과 부정이다. 그러니 신념을 통한 수련법들은 삶을 변화시키는 일종의 인성개발 프로그램은 될지언정 본질적인 깨달음의 수행은 아니란 말이다. 더구나 깨달음은 돈을 주고 사고 팔 수 있는 것이 아니다. 그것은 가장 순수한 것이며 내밀한 것이다.

바람이 불고, 새가 하늘을 날고, 꽃이 피고, 열매를 맺는 것, 내 앞에 펼쳐지는 일체의 모든 경험은 분별하지 않고, 신념으로 투영하지 않으면 있는 그대로의 진리의 경험이 된다. 이미 이 우주 법계 삼라만상 그 자체는 그대로 불성이며 신성이고, 그대로 온전한 부처님의 숨결이요 하느님의 뜻이기 때문이다.

항상 온전한 진리는 우리 앞에 늘 그렇게 나투고 있다. 다만 분별하지 않고, 그 어떤 치우친 신념이나 고집 없이 있는 그대로를 있는 그대로 바라보기만 하면 지금 이 자리에서 진리를 경험하게 되는 것이다. 그런데 그러한 진리를 경험하지 못하는 이유는 분별하고 나누며 자신 안에 신념이라는 틀을 만들기 때문인 것이다. 분별하지 말고 신념을 덮씌우지 말고 다만 모든 분별을 멈추고(止) 바라보기만(觀) 하면 본래의 평화가 찾아온다. 신념이나 견해, 옳고 그른 분별 이전의 딱 끊어진 본래의 참됨과 마주할 수 있다.

다섯 가지 생활수행법

불교를 공부하고, 수행을 하는 것은 나를 변화시키는 핵심적인 역할을 한다. 그러나 그러지 못하는 사람들에게 있어 좀 더 쉽게 자신을 변화시킬 수 있는 방법은 없을까. 조금 더 쉽게, 언제 어디서든, 누구나 할 수 있도록 불교의 가르침과 수행법 등을 생활 속에서 실천할 수 있도록 하는 방법, 그런 방법을 생각해 오다 모든 부처님 가르침과 수행법의 핵심을 뽑아 다섯 가지로 정리해 보았다. 아래의 목록은 한 번 읽고 그만 두기보다는 가까운 곳에 두고 '5가지 생활 수행법' 체크리스트처럼 활용할 수 있기를 바란다.

첫째, 일체를 다 받아들이라. 수용하라. 내 삶에 등장하는 그 어떤 사건도, 사람도 모두 온전한 진리의 목적을 가지고 온다. 이 세상에는 정확

히 필요한 일만이 정확히 필요한 바로 그 때에 찾아온다. 또한 그 모든 것들은 좋은 것이든 싫은 것이든 모두가 나를 돕기 위한 목적을 가지고 온다. 그 모든 일들이 부처의 크나큰 자비다. 그렇기에 모든 것을 대 긍정으로 받아들일 수 있어야 한다. 좋다고 너무 붙잡지 않고 싫다고 버리려 애쓰지 않고, 다만 있는 그대로 받아들이면 괴로울 일이 없다. 삶을 전체적으로 받아들이라.

둘째, 집착을 버려라. 놓아라. 비워라. 모든 괴로움의 원인은 집착에 있다. 집착이 있으면 반드시 그곳에는 괴로움의 씨앗이 있다. 돈도 명예도 사랑도 소유도 성공도 가치관도 집착할 것이 못 된다. 모든 수행의 핵심, 모든 행복한 삶의 핵심은 무집착에 있다. 변한다는 이치를 받아들이면 집착할 것이 없음을 알게 된다. 아상을, 집착을, 욕망을, 소유를, 생각을 놓고 비워라. 비우면 채워지고, 놓으면 잡히며, 버렸을 때 전체를 잡을 수 있다. 텅 비면 충만하다.

셋째, 지금 이 순간에 깨어 있으라. 관하라. 생각을 과거나 미래로 내보내지 말라. 오직 지금 이 순간을 지켜보라. '지금 여기'에 집중하라. 한 발짝 뒤에서 객관이 되어 나를 지켜보라. 내 생각, 느낌, 몸, 호흡, 그리고 대상을 아무 판단 없이 다만 지켜보고 관찰하라. 지금 이 순간에 깨어 있을 때 비로소 내 안 깊은 곳의 불성을 일깨우게 된다. 깨어 있는 관 수행이야말로 깨달음의 요체다.

넷째, 부처님께 모든 것을 맡긴다. 자연의 흐름에 맡긴다. 내가 무엇을 한다는 생각을 버리라. 나는 없다. 오직 본연의 성품이 있을 뿐. 내가 한다고 하면 내가 괴롭고 즐겁지만 모든 것을 맡기면 괴로울 것도 즐거울 것도 없다. 늘 여여하게 살 수 있다. 모든 것을 맡기고 자연스럽게 살라. 자연의 흐름, 진리의 흐름에 내 몸을 맡기라. 일을 할 때도 자연스런 분위기와 흐름을 타고 자연스럽게 되는 것이 가장 좋다.

다섯째, 사랑과 자비를 베풀라. 나누어 주라. '내 것'이란 없다. 잠시 나에게로 흘러왔다가 흘러갈 뿐이다. 그것을 흐르도록 두라. 내 안에 가둬 쌓아두지 말라. 소유든, 사랑이든, 마음이든, 가르침이든 이웃과 함께 나누라. 끊임없이 자비와 사랑을 베풀라. 베풀되 베풀었다는 상 없이 베풀라. 베풀어도 사실은 베푼 것이 아니라 잠시 이쪽에서 저쪽으로 인연 따라 정확히 필요한 곳에 가 닿을 뿐이다.

참된 앎은 곧 존재를 변화시킨다.

모든 상황은 중립이다

우리의 삶을 가만히 바라보면 끊임없는 선택과 분별의 연속이다. 단 한 순간도 선택을 멈춘 적이 없다. 그러나 모든 분별과 차별, 그로인한 '선택'은 삶에 대한 근원적인 대답을 해 주지 않는다. 언제나 하나를 선택하면 다른 하나는 선택받지 못한다. 하나가 옳으면 다른 하나는 그르고 하나가 좋으면 다른 하나는 싫어진다. 그 중 좋은 것은 선택하여 내 것으로 가지려 하고 싫은 것은 선택받지 못한 채 버려두거나 심지어 파괴시키고 죽이려 하지 않는가.

좋고 싫은 것으로 나누는 것, 그것은 삶을 있는 그대로 본 관점은 아니다. 그것은 우리 마음에 혼란과 분열, 시기와 질투 그리고 전쟁을 가져올 뿐이다. 그럼에도 불구하고 우리 마음은 더욱더 좋고 싫은 것을 나누게 되고, 점점 더 사물을 비뚤어지게 보게 된다. 한 쪽으로 치우친 시선으로 보게 된다. 있는 그대로 보는 눈을 잃고 만다.

보다 본질적으로 세상을 살아가는 방법은 선택하지 않는 일이다. 선택하지 않고 있는, 그대로 다만 보기만 하라. 거기에 그 어떤 해석도, 분별도, 판단도 하지 말라. 그랬을 때 치우침 없는 정견의 시야가 열린다. 좋고 나쁜 양변에 갇히지 않은 무분별의 맑은 견해가 생겨난다.

대그룹 입사 시험에 떨어졌다고 생각해 보자. 그 사실은 항상 두 가지를 내포하고 있을 수 있다. 하나는 시험에 떨어져서 그 일을 할 수 없다는 것이고, 또 다른 하나는 시험에 떨어졌기 때문에 또 다른 일을 시작할 수 있다는 것이다. 그 두 가지의 상황 가운데 우리는 보통 전자를 선택함으로써 괴로운 상황으로 몰고 가곤 한다. 그러나 왜 그 선택만을 고집해야 하는가. 그 선택에만 갇혀 있어야 하는가. 보다 창조적이고 주체적이며 긍정적이고 영적인 사람이라면 시험에 떨어졌다는 그 사실에 아무런 판단이나 선택도 가하지 않을 것이다. 그것은 단지 둘 중 하나의 상황일 뿐이다. 분명 이렇게 될 수도 있고, 저렇게 될 수도 있었다. 다만 내 스스로 '반드시 이렇게 돼야 한다'고, '반드시 합격해야 한다'고 고집했을 뿐이다. 그리고 그 고집과 집착이 나를 괴롭히고 있을 뿐이다.

어떤 한 가지 상황에 대해 이런 저런 판단과 해석을 가하지 말라. 판단하고 차별함으로써 어느 하나를 일방적으로 선택하지는 말라. 그 어떤 상황도 전적으로 좋은 것이라거나 전적으로 나쁜 것은 아니다. 다만 그 상황을 보고 내 마음이 좋은 것이라 선택하고, 나쁜 것이라 선택했을 뿐인 것이다.

그러니 그 어떤 판단도 버리라. 선택 없이 무분별로 받아들이라. 즐거운 마음으로 삶을 전체적으로 수용하라. 큰 틀에서 삶을 즐기고 누릴 수 있는 여유를 가지라. 그것이 바로 업에 얽매이지 않고 구속되지 않는 길이다. 어떤 한 사람을 보고 좋거나 나쁘다고 판단하지 말라. '능력 있는 사람'이라거나 '능력 없는 사람'이라거나 하는, 둘 중 하나를 선택하는 습관을 버리라. 마찬가지로 어떤 한 상황을 보고 좋다거나 나쁘다고 판단치 말라. 어느 하나를 선택하는 순간 우리는 그 사람을 있는 그대로 볼 수 없고, 그 상황을 있는 그대로 볼 수 없다. 사람도, 상황도 그것 자체는 완전한 무분별이다. 완전 중립이다.

무슨 일을 할 것인가

사람들은 저마다 즐거워하는 일이 다르다. 관심사가 모두 제각각이다. 저마다 '자기다운' 어떤 일에 끌린다. 그 일을 할 때 가장 행복감을 느낀다. 그 이유는 무엇일까. 가장 '자기다운' 일이야말로 자기 자신이 이 세상에 나온 진리의 목적이기 때문이다. 그렇기에 남들이 모두 저 길을 간다고 너도 나도 그 길을 따라 갈 필요는 없다. 그러나 불행하게도 현대사회의 큰 폐단은 모든 사람을 획일화시키면서 똑같은 길을 걷도록 강요한다는 점이다. 이를테면 돈 버는 길, 성공하는 일, 그런 외길을 모두에게 강요를 하고 있다. 자기 자신다운 독창과 창의는 지금의 세상에서는 별로 필요치 않다. 사회에서 정해 놓은 '성공의 길'을 얼마만큼 잘 규격에 맞춰 따라갈 수 있는가 하는 점이 요즘 사회에서 성공하고 살아남을 수 있는 유일한 길처럼 되어 버렸다. 그러나 진리의 길을 걷고자 한다면 세상에서 만들어 놓은 획일화의 길이 아니라 나다운 길을 걷는 자유로운 발걸음을 내딛어야 한다.

그러면 나다운 일이란 어떤 일인가? 내가 그 일을 했을 때 가장 끌리는 일, 가장 능력을 잘 드러낼 수 있는 길이며, 내면 깊은 곳에서 진정으로 원하는 길이다. 그렇기에 모든 사람에게 '나다운 일'은 다를 수밖에 없다. 저마다 자신이 '그 일을 하면 행복한' 일이 있게 마련이다. 그것은 일종의 상징이며 신호이기도 하다. 내 안의 진리에서 보내는 신호. 물론 그것을 아직 발견하지 못한 사람도 있겠지만 분명 자기 자신에게 집중하면 저마다의 '자기다운 일'을 발견해낼 수 있다. '나다운 일'을 발견하는 것은 '나로서 피어나는 진리'를 발견하는 일인데, 그것은 바로 '마음을 비우고 집중하며 비추는' 명상 수행을 통해 조금 더 빨리 알게 될 수도 있다.

'나다운 일'을 행하고 있을 때 사람들은 누구나 행복하다. 그 일을 했을 때 가장 즐겁고 유쾌하며, 힘들어도 힘든 줄 모른다. 밤새 일을 하더라도 시간 가는 줄 모른다. 그 일을 할 때 가장 깊은 집중을 이루어낼 수 있다. 그런 일에서는 쉽게 '일 삼매'에 들곤 한다. 그것은 억지로 하는 것이 아니기 때문에 그 어떤 인위적인 노력이 필요하지 않다. 자연스럽고 깊은 삼매 속에서 일을 행할 수 있게 된다. 그것이 바로 무위(無爲)의 행이다. '내가 나다운 일'을 하는 것, 그것은 나에게 오히려 휴식을 가져다준다. 억지로 하기 싫은 일을 할 때 우리 마음은 억눌리고 괴로우며 에너지는 고갈되고 만다. 그러나 나다운 일을 할 때, 그 때는 오히려 일을 하면 할수록 내 안의 에너지는 생기롭게 피어나고 충전이 되곤 한다. 그것이 바로 함이 없는 행이다.

또한 '자기다운 일'에 집중해 있을 때는 '나'를 잊는다. '나'라는 모든 상에서 벗어난 채 오직 깊은 집중 상태에 있다. 바로 그런 상태야말로 내가 나답게 깨어 있을 수 있는 순간이며, 내가 나로서 피어나는 진리를 마음껏 드러내는 순간이다. 그 때 내 안에 진리가 깃든다. 삶의 목적을 온전히 달성해 내는 순간이 된다. 또한 '내가 나다운 일'을 행할 때 이 우주 법계는 그 일을 위해 최선의 힘으로 도움을 준다. 그것이 바로 '진리의 일'이기 때문이다. 그렇듯 진리의 일은 저마다 '자기 자신의 일'을 온전히 행할 때 이루어진다.

내맡기고 자유롭게 가라

때때로 남들이 보기에는 아무것도 하지 않는 듯 보일 만큼 별 일 없이 지내곤 한다. 그냥 가만히 앉거나 숲길을 걷거나 하면서 마음의 변화를 가만히 살펴보곤 하는 것. 그러다 보면 이놈의 마음이란 것이 참 허망한 것이라는 것을 금방 알아챌 수 있다. 하루에도 몇 번씩 마음을 가지고 기뻐하기도 하고, 슬퍼하기도 하면서 온갖 상황의 변화에 따라 울고 웃고 하는 것이 보인다. 그런 원숭이처럼 변덕스런 마음을 붙잡고 세상을 살다 보니 세상사는 일이 만만치 않음은 어쩌면 당연한 일이다. 세상 모든 사람들이 이렇듯 마음을 붙잡고 세상을 산다. 마음에서 일어나는 온갖 변화들, 이를테면 답답함, 서글픔, 외로움, 괴로움, 화 등 이러한 모든 감정적인 변화들이 고정된 '내 마음' 인 줄 알고 그 마음에 울고 웃으며 휘둘리며 살고 있다.

내맡기고 자유롭게 가라

그런데 가만히 마음을 살펴보면 그게 얼마나 어리석은 일인가 하는 점이 금방 드러난다. 하루에도 수십 번, 수백 번씩 주변 상황 따라 이리 갔다 저리 갔다 하고, 좋았다가도 금방 싫어지고, 괴로웠다가도 금방 즐거워지는 그 마음이란 것이 얼마나 공허한 것인가. 이런 마음이란 놈에게 휘둘리며 살았다가는 큰 낭패를 보기 십상이다. 그렇다고 세상사는 일에 마음을 쓰지 않고 살기란 또 어려운 일이니, 이 마음이란 녀석은 붙잡지도, 그렇다고 뿌리치지도 못할 일이다. 그러면 이 마음을 어떻게 하면 잘 다스릴 수 있겠는가?

화엄경 〈보현행원품〉에 보면 보현보살의 열 가지 행원 중 세 번째로 '광수공양(廣修供養)'이 나오는데, 여기에서 그 해답을 찾을 수 있다. 경계에 울고 웃고 휘둘리는 마음을 자꾸만 '내 마음'이라고 여겨 '내 것'으로 붙잡아서는 안 된다. 그렇게 경계 따라 휘둘리는 마음이 어찌 내 마음일 수 있겠는가. '내 것'이 아니라고 뿌리칠 수도 없으니 가장 밝은 답은 그 마음을 공양 올리는 일이다. 공양을 올리고 나서는 완전히 내맡겨야 한다. 공양을 드렸으면 그것이 부처님 것이지 어찌 내 것일 수 있겠는가. 내 것도 아닌데 자꾸만 이렇다 저렇다 시비 걸 것도 없고, 문제 삼을 일도 아닌 것이다. 다만 완전히 부처님께 공양올리고 내맡기고 가면 된다. 마음을 공양 올리는 것, 내 것으로 붙잡지 않고 일체를 내 안의 자성 부처님께 내맡기고 바치는 것, 그것이야말로 얼마나 쉽고 직접적인 생활 속의 수행인가.

내게는 탁한 마음이고 이기적인 마음이라도 부처님 그 밝은 자리에 가면 모두가 부처님 마음으로 바뀐다. 부처님은 아무런 분별도 시비도 없기 때문에 좋고 나쁜 것이 없다. 그러니 부처님 전에 공양 올리기만 하면 좋고 나쁨도 다 녹아내린다. 마치 온갖 혼탁한 고철들이 거대한 용광로에 가면 하나로 녹아내리듯, 이는 흡사 '내 뜻대로 말고 하느님 뜻대로 하소서'라고 했던 예수의 가르침을 떠올리게 한다. 내 스스로 무언가를 행하고 결정한다고 생각지 말고 모든 일과를 하느님께 맡기는 것, 나를 비우고 하느님께 나 자신을 온전히 내어놓는 것, 그것이야말로 가장 훌륭한 마음 수행인 것이다. 본래 나라는 것이 없기 때문이다. 무아(無我), 즉 나를 내세울 것이 없다.

모든 것을 부처님께 하느님께 맡기고 공양올리고 나아가는 길은 얼마

나 자유롭고 당당한가. 하느님과 부처님은 오직 우리를 사랑과 자비로 보살필 뿐이다. 그 사랑과 자비 안에 모든 것을 내던지고 맡기라. 한 치도 나를 내세우지 말라. 이는 하느님이나 부처님을 그 어떤 실체화, 절대화함으로써 그 분들을 어떤 분으로 규정지으란 말이 아니다. 여기서 하느님, 부처님이란 말로 표현할 수 없지만, 이를테면 나와 이 우주의 본질적 그 무엇으로서의 신성이요 불성을 말한다. 어떤 존재, 형상으로 규정된 분이 아니시다. 즉 하느님, 부처님 하는 말에도 집착할 필요는 없다는 말이다. 그렇게 내맡겼을 때 사사로운 나는 사라지고 온 우주의 본질로서의 그 분만이 남아 진리에 합당한 자비와 사랑의 일을 행하신다. 그러니 사사로운 나를 내세우고 아옹다옹하며 갈 것인가 아니면, 우주적 근원으로서의 부처님께 모든 것을 다 내맡기고 자유로이 휘적휘적 길을 걸어갈 것인가.

물처럼 바람처럼 살라

그냥 그냥 사는 것이 좋다. 아무런 이유도 붙이지 않고 조건도 붙이지 않고 억지로 잘 살려고 발버둥치지도 말고 물 흐르듯 그냥 그렇게 사는 것이 좋다. 산은 산이요 물은 물이라, 산은 산대로 물은 물대로 아무런 시비도 일으키지 않고 그냥 그렇게 존재하고 있다.

시냇물은 흐르다가 강으로 또 바다로 흘러간다. 그렇게 인연 따라 흐르다가 수증기도 되고 구름도 되고, 그러다가 인연 따라 빗방울로 혹은 우박이며 눈으로도 내린다. 언제부터 그랬느냐 할 것도 없고, 왜 그러느냐 할 것도 없고, 어느 모습을 딱히 고집하여 물로만, 혹은 구름으로만 남아 있지도 않고 빗방울이 되건 눈송이가 되건 탓하는 법이 없다. 두 갈래 길이 나와도 어디로 갈까 분별하지 않고 턱 놓고 가며, 어떤 모양의 그릇에 담기더라도 마땅히 모든 모양과 하나가 되어 준다. 지난 일에 얽매임도 없고 미래의 일을 계획할 것도 없다. 그저 내맡기고 자유로이 흐를 뿐이다. 진흙을 만나 흙탕물이 되어도 괴로워하지 않고, 맑은 호수가 되어도, 혹은 사람 몸 만나 피가 되고 땀이 된다고 좋아할 것도 없다.

어떻게 될까, 무엇이 될까, 어디로 갈까, 왜 살아야 할까, 언제까지 살아야 할까 분별하지 않아도 잘 살아 간다. 이렇게 살아도 괜찮고, 저렇게 살아도 괜찮고, 무엇이 되어도 괜찮고, 어디로 가도 괜찮다. 그렇게 그냥 그냥 산다. 모든 것을 순리에 내맡기고 평화롭게 흐른다. 일체를 놓음 없이 놓고 살아간다. 함이 없이 무엇이든 다 하며 살아가고 있다.

사실은 우리의 삶도 이와 같다. 애써 놓으려고 방하착, 방하착 하지 않아도 이미 다 놓고 가고 있다. 그래서 깨닫고자 애쓸 것 없는 본래불(本來佛)이라고 하는 것이다. 다만 공연히 한 생각 꿈처럼 일어나 집착하고 욕심내고 붙잡고자 하니 그에 따라 온갖 선악, 시비, 분별, 행과 불행이 만들어지는 것일 뿐이다. 제 스스로 신기루를 만들어 거기에 집착하고 괴로워하고 또 제 스스로 집착을 놓아버리고 행복해하고 그러는 것일 뿐이다. 그러니 집착하는 것도 집착을 버리는 것도 모두가 제 스스로 공연히 애만 쓰고 있는 꼴이다. 집착할 것이 본래 없는데 집착을 버릴 일은 어디에 있는가. 다만 집착을 하고 있으니 그걸 놓으라고 방하착이라 이름 했을 뿐이지 방하착이라는 수행법이 따로 있는 것이 아니다.

가만히 생각해 보라. 왜 공연히 스스로 만들어 스스로 빠졌다가 스스로 수행을 통해 빠져나가야 한다는 상을 만드는가. 어리석은 중생이 수행을 통해 부처를 이룬다는 생각도 다 방편일 뿐이다. 그저 텅 빈 세상 허허로이 그렇게 살다 그렇게 가면 그 뿐이다. 아무것도 할 것이 없다. 집착을 버릴 생각도 버리고, 수행을 잘 하겠다는 생각도 놓고, 그 모든 생각을 놓겠다는 것마저도 다 놓아버리고 그냥 그렇게 무심히 살면 된다.

10년 전 배고팠던 일이 지금까지 배고픔으로 남아 있지 않듯, 10년 전 오늘 있었던 일들을 지금 낱낱이 다 기억하여 울고 웃지 않듯, 그렇게 그렇게 놓고 가면 된다. 지음 없이 짓고, 받음 없이 받고 살면 그 뿐이다. 이미 다 놓고 가는 것을 굳게 믿고 무심히 걸으라. 이미 다 놓았는데 무엇이 붙을 게 있는가. 생사도 다 놓았다면 살아가며 느끼는 괴로움이 다 무엇인가. 그냥 그냥 물처럼 바람처럼 허허로이 살아가는 외로운 수행자가 되자.

내가 사는 도량은 산 중턱에 자리 잡고 있다. 그러다보니 창문만 열고 있어도 숲 한가운데 앉아 있는 듯 시원하고 청량하다. 온갖 새소리며 바람소리, 또 숲의 온갖 생명체들의 소리가 시원스레 귓전을 맑혀 준다. 그런데 요즘, 내게 한 가지 고민이 생겼다. 대웅전 앞 석탑 주위의 잔디밭이 문제다.

겉으로 보기에 잔디밭은 얼마나 푸르고 아름다운가. 그런데 잔디밭은 완전히 인공적이다. 사람의 손길이 가지 않으면 몇 년, 아니 몇 달 가지 않아 '잡초밭'이 되고 만다. 특히나 이런 산 속의 잔디밭은 더욱더 온갖 풀씨들이 흩날려 다양한 산야초들이 잔디 사이로 피어난다. 물론 그런 야생초들은 사람들의 시선에는 영락없는 '죽여버려야 할 잡초'에 불과하다.

올봄부터 가만히 살펴보았더니 잔디밭에 피어나는 산야초들은 모두가 음식으로 해먹어도 좋을 산나물들이다. 민들레, 씀바귀, 냉이, 개망초, 토끼풀, 제비꽃 등 언뜻 들어서는 그런 풀꽃들을 어떻게 먹는가 싶겠지만 사실 따지고 보면 이런 야생의 풀꽃들이야말로 밭에 심어 기르는 상추, 쑥갓 등에 비할 수 없을 천연의 생명력을 지닌 소중한 먹거리다. 그런데도 사람들은 잔디밭을 살려야 한다고 이곳에 잔디만 빼고 다 죽이는 농약을 뿌리라고 야단들이다. 물론, 아직은 보살님들이 오시면 몸에 좋은 보약을 알려드리겠다며 잔디밭으로 모시고 가서 함께 야생초들을 뜯으면서 이것들을 어떻게 먹을 수 있는지도 알려드리고, 얼마나 몸에 좋은지도 말씀드리면서 근근이 버텨온 터다.

물론 먹거리로서의 야생초만을 말하기 위함은 아니다. 잡초라는 것이 어디 있겠나. 잡초는 아직 그 신비한 존재의 이유가 아직 발견되지 않은 풀에 불과하다. 어쩌면 우리가 알고 있는 풀들도 여전히 인간에게 효용적인 면에서만 단편적으로 알고 있을 뿐이다. 숲의 모든 야생의 풀과 꽃, 나무들은 모두 제각기 진리다운 존재의 목적을 가지고 있다. 정확한 진리의 필요에 의해 그 자리에서 자신의 모습으로 피어난 것이다. 그러니 인간의 욕심과 이기에 의해서 자연을 함부로 훼손시켜서도 안 되고, 인간의 판단에 따라 야생스런 것들을 인공적인 미(美)로 대체시켜도 안 된다.

요 몇 달간 이 작은 잔디밭과 씨름을 하면서, 얼마 전 시골마을을 지나다가 보았던 골프장의 모습이 새삼 떠올랐다. 거의 산 전체의 나무숲을 싹 밀어버리고 대규모로 잔디밭을 만들어 골프장을 만든 모습. 언뜻 보면 푸른 초원처럼 아름답게 보일지 모르겠지만 그 아름다움 이면에 얼마나 많은 양의 농약이 정기적으로 뿌려지고 덩달아 산도 숲도 지하수도 그 곳의 생명들도 오염되고 죽어갈 것인가 하는 생각에 한숨만 나왔다.

요즘은 골프가 국민 스포츠가 된 양 아무런 거리낌 없이 너도나도 골프를 치고, 골프장 건설에 매진하고 있지만, 가만 생각해 보면 골프장은 잔디 하나만 생각해 보더라도 얼마나 엄청난 환경오염이고 생명을 죽이는 일인가?

자연은 자연 그대로 두었을 때 아름답고 생명력이 한껏 드높아진다. 야생 그대로의 상태에서 자연은 그대로 우리가 기댈 곳이며 우리 생명의 원천이고, 어머니의 품이다. 친환경 아파트를 만든다고 잔디 길을 내는 일이나, 생태공원을 만든다고 땅을 싹 밀어버리고 그 위에 엄청난 양의 돈을 들여 조경을 하는 일들은 여전히 장밋빛 환경사업인양 계속되고 있다.

수많은 돈을 들여 자연을 조성하지 말라. 인공적인 자연은 자연이 아니다. 자연은 그냥 놔두었을 때 본연의 야생으로 돌아간다. 인간의 손길이 개입되지 않은 야생이야말로 가장 아름다울 뿐더러 그 자체로서 진리의 모습이다. 마구잡이로 개발시켜 환경을 파괴시켜 놓고, 이제 와서 다시금 '환경을 살리기 위한 파괴'를 한다는 것이 얼마나 어리석은 일인가.

개발이 우선이 아니라 생명이 우선이다. 대자연의 생명을 생명 그대로 두었을 때 우리 인간의 생명 또한, 본래 생명으로 되돌아갈 수 있다.

대자연과 공명하는 삶

바야흐로 봄의 한 가운데에 와 있다. 지난 달 매화, 산수유를 시작으로 목련, 개나리, 진달래, 벚꽃 등이 피어나더니 이제는 철쭉과 영산홍, 수수꽃다리 미선나무에서 꽃이 피어나고 또 앵두꽃, 복사꽃, 배꽃들도 아름답게 피고 지며 이 아름다운 생명의 4월을 마감하고 있다.

어디 그 뿐인가. 고개를 숙이고 산길을 걷다 보면 제비꽃, 별꽃, 꽃다지, 양지꽃, 민들레, 냉이꽃, 광대나물들이 발아래 한창이고 또 원추리, 씀바귀, 고들빼기, 냉이, 쑥 등의 봄나물이 봄기운을 흠뻑 느끼게 해준다.

또 숲은 어떤가! 4월 초까지만 해도 침묵하던 숲이 중순이 지나면서부터 초록으로 물들기 시작하더니 며칠 되지 않아 감쪽같이 숲 색을 바꾸어 놓았다.

나는 이러한 변화를 가만히 지켜보면서 4월 한 달을 보내었다. 물론

대자연과 공명하는 삶

"

바쁜 일이 없었던 것은 아니지만 바쁜 가운데 내 마음을 지켜보듯 대자연의 변화를 지켜보며 한 템포 늦출 수 있는 여유를 가졌고, 어떨 때는 꽃마리 하나 피어나는 것을 보겠다고 한 나절을 보내기도 했다. 그렇게 대자연의 변화에 발맞추어 내 마음도 내 온몸도 봄과 함께 피어났다.

그 수많은 봄꽃들 가운데에서도 꽃마리처럼 작고 앙증맞은 꽃이 또 있을까. 간난 어린아이 새끼손톱보다 더 작다고 하면 얼마나 작을지 짐작이 가려나. 그만큼 작기 때문에 언뜻 보아서는 도무지 이것이 꽃인지 알 수 없을 정도이다. 모르긴 해도 꽃마리라는 이름은 좀 들어 보았던 사람들도 꽃마리라는 꽃이 우리 주위에 지천으로 퍼져 있다는 것을 알고, 그것을 관심 있게 지켜본 사람들은 별로 없을 것 같다.

우리는 이렇게 정신없이 살고 있다. 우리 곁에 있는 대자연의 변화를 바라보며 교감하고 그 소박하지만 깊은 행복감에 젖어들 수 있는 생명의 정신이 많이 희미해졌다. 봄이 오고 온갖 꽃들이 지천으로 피어 꽃사태를 이루지만 우리 마음속은 여전히 차가운 겨울이지는 않은가. 산색이 지난 한 달여 동안 완전하게 옷을 갈아입었지만 그 사실이 우리에게는 별 의미 없이 다가오고 있지는 않은가?

물론, 나 또한 대자연이란 길동무를 온 마음으로 받아들이기 전에는 늘 그 자리에 있었던 이 자연들에게 아무런 관심도 주지 않았다. 그러나 내 안에 대자연이 깊이 들어오고 난 뒤부터 내 삶은 그야말로 확연하게 바뀌었다. 대자연과 공명하는 삶은 그 어떤 깨어 있음과도 같은 성성적적(惺惺寂寂) 적요(寂寥)를 가져온다.

이렇게 대자연을 관찰하고 교감하다 보면 어느덧 나 자신이 대자연의 일부가 된 듯 나와 대자연의 경계가 허물어지는 듯한 느낌이다. 그런 일체감의 비춤 속에서 본래부터 고요한 대자연의 성품을 바라보게 되는 것이 아닐까.

그야말로 '첩첩 쌓인 푸른 산은 부처님의 도량이요 맑은 하늘 흰구름은 부처님의 발자취며 뭇 생명의 노랫소리 부처님의 설법이고 대자연의 고요함은 부처님의 마음' 이라고 했던 옛 사람의 뜻이 사무쳐 온다. 법신불은 이렇게 늘 대자연으로 나투고 있다. 대자연과 교감하고 하나 되는 것이야말로 법신부처님을 늘 우리 곁에서 친견하며 사는 것이 아닐까.

또한, 대자연 속에서의 교감은 신과의 만남에도 깊이 관여하고 있다. 대자연의 경이로움에 눈 뜰 수 있는 자만이 신께 다가갈 수 있고 대자연에 두루 편만한 신을 만날 수 있다. 문자에 얽매이거나 율법에만 치우치는 것보다는 우리 안의 또 우리 밖의 대자연의 신적인 것에 대한 열린 자각과 영민한 관찰이 우리를 참된 신앙의 길로 인도할 것이다.

인간에게만 불성이 영성이 있는 것이 아니라 대자연에도 똑같은 성품이 간직되어 있다. 그러나 인간은 그 부처의 신의 성품을 잠재운 채 욕심과 이기만을 더 내세우며 살기 때문에 그만큼 신과 멀어져 있지만, 대자연은 자기를 비우고 오직 신의 뜻에 따라 진리의 성품에 따라 온전히 내맡기며 생명을 이어가고 있다. 그래서 사람은 자연과 교감할수록 신과 부처와 가까워지고 자연과 멀어질수록 이기와 욕심에 이끌린 삶을 살게 된다.

수행자의 길과 대자연의 길

장마 때가 되니까 깊은 감성에 잠기는 때가 잦아진다. 처마 아래로 떨어지는 굵은 빗방울 소리를 들으며 홀로 조용히 차를 한 잔 마시고 있다 보면 시간이 그만 딱 멈춰서는 듯 아무런 바람도 없이 아무런 기대도 없이 그냥 지금 이 순간에 머물게 된다.

떨어지는 빗소리를 온 몸으로 깊이 느껴 보았는가. 또 이런 날 축축하지만 생기 어린 정신을 깨우는 메시지가 담긴 그런 숲길을 거닐어 보았는가. 숲 속에서 나 또한 동떨어진 한 사람이 아니라 숲과 하나가 되어 숲 그 자체로서 남게 될 때 그때 우리 내면 깊은 곳에서 들리는 소리 없는 소리를 들을 수 있게 된다.

숲이란, 자연이란 그대로 우리의 스승이고 선지식이다. 숲길을 걸을 때 마치 어머님의 품 속에서처럼 깊은 휴식을 취할 수 있다. 그런 깊은 평화를 맛보며 숲길을 거닐 수 있는 시간이 우리 삶 속에서 과연 얼마나 되는가. 때때로 살며 살아가며 무겁게 짊어지고 가는 그 모든 짐들을 잠시 내려두고 호젓하게 또 가볍고 평온한 마음으로 숲길을 거닐 수 있는 시간이 우리에겐 과연 있기는 한가?

그런 길을 만들어 보라. 그런 시간을 만들어 보라. 잠시 모든 삶의 짐을 비워두고 숲의 생명들을 관찰하며 길을 걷는 나의 내면을 관찰하며 다만 걷기만 할 수 있는 그런 나만의 숲길을 가져 보라.

물론 숲길이란 꼭 숲 속의 길만을 의미하지는 않는다. 내 마음 속을 비울 수 있도록 도와주는 수많은 것들, 그 모든 것이 다 나의 숲길이 될 수 있다. 나라는 존재 자체가 이미 숲이기 때문이다. 존재가 그대로 숲이며 자연이고 야생이다. 내 안의 야생성, 자연성, 본성을 일깨워줄 수 있는 그 어떤 것도 숲이며 스승이고 선지식일 수 있는 것이다.

우리 안의 이기적인 탐욕과 집착, 온갖 번뇌를 비워주며 그 내면 깊은 곳에 잠자고 있던 본래의 자연적인 성품을 발현시켜 주는 것이 있다면 그것이 바로 스승이 아니겠는가. 그런 점에서 대자연의 숲길 또한 수행의 길과 다르지 않은 좋은 도반, 길벗들의 본향(本鄕)이다.

빌딩 숲 속에 있더라도 고층 아파트 안에 살고 있더라도 참선, 염불, 간경, 주력 등 수행의 숲길을 걷고 있다면 그 속에서 깊은 내면이 깨어나는 소리를 들을 수 있는 것과 같다. 대자연의 숲길을 거니는 일과 수행의 길을 걷는 길. 그 길은 결코 다른 두 갈래길이 아니다.

그래서 예로부터 스님들은 대자연 속에서 나무며 풀들, 숲 속의 풀벌

레들이며 짐승들과도 벗하며 친구로 살았고 숲 속이야말로 가장 좋은 수
행의 처소, 아란냐로서 수행자의 길에 좋은 도반이 되어 주었다.

수행의 길을 걷다 보면 저절로 대자연의 길을 걷게 된다. 수행자의
내면은 맑게 비워져 있기 때문에 대자연의 변화며 아름다움을 모두 담을
수 있는 것이다. 그러나 내면이 욕심과 집착으로 꽉 차 있다면 그 사람에
게는 도무지 돈과 명예 등만 관심이 있지, 대자연의 고요한 변화와 진리
가 그 안에 담길 수는 없다.
수행의 길과 대자연의 길이 둘이 아니게 내 안에서 파도치고 있는가?

겨울 숲에서 배운다

추운 날씨가 계속되고 있다. 이른 아침 앉았다가 일어나 문득 문을 열어보면 시린 바람과 앙상한 나뭇가지들이 오감을 뚫고 들어와 깊은 영감으로 생기로운 속 뜰을 적셔준다. 가을철 단풍이나 봄철의 갓 피어난 꽃도 아름답지만 그 아름다움에 못지않게 앙상한 가지 위로 피어난 침묵의 보이지 않는 풍경도 내 안 깊은 곳에 깨어있는 종소리를 울리게 한다. 그래, 종소리. 문득 고개 들어 바라본 자연의 소탈함에는 그 어떤 깨침의 종소리가 들린다. 분주하게 무언가를 하다가도 문득 아주 문득 바쁜 일들을 잠시 내려놓고 보게 되면 그 풍경 너머의 화폭을 볼 수 있고 소리 너머의 소리를 들을 수 있다.

내 방 너른 창 밖으로는 떨어진 낙엽 위로 하얀 눈들이 여전히 소복하다. 겨울 숲을 가만히 보고 있노라면, 생기가 피어오르는 봄 숲이나 풍요로운 여름 숲 그리고 오색의 가을 숲에서는 느끼지 못할 가볍고 말끔한 소탈하고 가난한 수행자의 면모를 보는 듯, 내 속 뜰은 맑은 비질을 한다. 겨울 숲이 아름다운 것은 이처럼 비움과 침묵의 내적인 수련이 있기 때문이다. 이러한 한겨울 숲의 침묵이 없다면 봄이 오더라도 새로운 꽃을 피워내지 못할 것이다.

사람의 일도 마찬가지. 삶의 길 위에서 한참 물이 오르며 꽃망울을 틔우고 훨훨 날갯짓할 때가 있어야 하겠지만 이따금 침묵으로 안을 비추는 내적인 자기 수련의 시간이 필요하다. 한창 잘나갈 때가 있으면 그것을 끝까지 몰아갈 것이 아니라 한 번쯤 돌이켜 멈출 줄도, 쉴 줄도 알아야 한다. 삶에도 속도 조절이 필요한 것이다. 그래야 안으로 비추는 깊은 침잠을 통해 또다시 삶의 봄이 왔을 때 새로운 생명의 꽃을 피워낼 수 있다.

참된 지혜는 전진과 소유보다 멈춤과 비움을 통해 안으로부터 움트는 것이다. 이 침묵의 겨울도 이제 막바지에 접어들었다. 이 겨울이 다 가기 전에 가던 길을 멈추고 가만히 가부좌를 틀고 앉아 잠시 돌이켜 보라. 내가 걸어온 삶에는 얼마만큼 많은 멈춤과 비움, 그리고 나눔이 있었던가. 오직 앞만 보고 달려가면서 욕심과 집착을 채우고 소유를 늘리는 일에만 전력투구하지 않았는가?

사람의 깊이는 얼마만큼 성취했으며 얼마를 벌었고 어떤 위치에 올랐는가 하는 그런 채워진 양으로 가늠할 수 있는 것이 아니다. 오히려 존재의 깊이는 침묵과 비움 그리고 나눔의 깊이에 있을 것이다. 얼마나 내

적으로 비우고 살았는가! 얼마나 외적으로 나누며 살았는가! 이 두 가지야말로 부처님께서 구족하신 지혜와 복덕의 양족(兩足)이다.

저 고요한 겨울 숲의 침묵을 보면서 한 스님의 뒷모습이 떠오른다. 오랜 선방 스님께서 어떻게 인연이 돼, 도심 사찰의 주지 소임을 맡아 살다가 세속적인 시선에서 보면 한창 잘나가고 명성을 드날릴 때 홀연히 다 놓아버리고 눈 내리는 겨울 숲 속으로 걸망 하나 걸머지고 떠나시던 모습. 그 뒷모습은 참자유인의 모습이었다. 스님의 삶에도 한겨울 침묵의 시간이 필요했던 것일까.

세상이 아름다운 것은 영원하지 않고 잠시 피었다가 사라지는 데 있는 것처럼 우리들 삶도 오직 앞만 보고 달리기만 할 것이 아니라, 때때로 멈추고 비우며 안으로 묵연히 침잠할 수 있는 겨울 숲의 침묵과 지혜를 배워야 한다.

지구의 종말, 생명의 종말

온갖 기상이변들이 전 세계적으로 속출하고 있다. 이건 일찍이 겪어 보지 못한 가히 재앙적 수준이다. 그리고 이런 이변과 재앙은 앞으로도 더욱 빠른 속도로 더욱 거대한 크기로 계속해서 우리를 위협할 것이다. 어쩌면 이 지구라는 별이 지금까지의 아름다움을 간직할 수 있는 시간이 얼마 남지 않았을지도 모른다.

그러나 신기하게도 사람들은 이 엄청난 경고를 그다지 깊이 느끼지 못하는 듯하다. 여전히 많은 사람들은, 아니 대다수의 사람들은 개발과 발전에 목숨을 걸고 있다. 자연을, 환경을 오염시키고 파괴시키며 그 대신 돈과 욕심을 채우는 쪽에 완전히 인생을 걸었다. 어떤 사람은 그렇고 또 어떤 사람은 그렇지 않은 것이 아니라 아마도 거의 대다수의 사람들이 그렇게 살아가고 있고, 살고 싶어 하며, 또 우리 아이들은 그렇게 살도록 교육받고 있다.

가히 세상이 완전히 미쳐가고 있다는 말이 맞지 싶다. 정치인들은 어떻게 하면 자신이 지도자로 있을 때 보다 완전히 또 폭넓게 자연을 훼손시켜 개발시킬 것인가에만 관심이 있고, 또 국민들 또한 얼마나 많이 개발시키고 발전시켰느냐에 따라 그 사람을 평가하고 있다. 경제인들은 어떻게 하면 효율적이고 효과적으로 자연을 파괴시켜 자연 속에서 인간이 필요한 것만을 쏙쏙 뽑아냄으로써 얼마나 많은 돈을 벌 것인가에만 관심이 있다.

제3세계 국가들은 조금씩 조금씩 개발과 발전으로 인해 국토가 파괴되는 현장을 지켜보며, 이제 비로소 서구사회를 조금씩이나마 따라가고 있다고 행복해하고 있다. 소위 선진국에서는 어떻게 하면 우리 자연은 가만히 놔두고 저 못 사는 나라 자연과 환경을 오염시키고 파괴시킬 것인가만 생각하고 있다.

생각해 보라. 우리나라가 불과 이삼십 년 만에 자동차 왕국으로 바뀌었는데, 13억 중국인과 11억 인도인들이 앞으로 이삼십 년 후에 너도나도 자동차를 타고 다니며, 그 큰 땅에 산과 숲을 밀어버리고 빌딩 숲으로 주차장으로 만든다고 상상해 보라. 어디 인도, 중국뿐인가. 전 세계가 그나마 숲이 남아 있고, 생명의 정신이 남아 있는 수많은 나라들 덕분에 살고 있는데 그마저도 몇 십 년 안에 다 파괴되어 간다는 것을 생각하면 그야말로 소름이 끼친다.

우리나라만 해도 벌써 소나무 제선충이 큰 문제가 되고 있는데, 가만 생각해 보라, 이 한반도에, 백두대간에 소나무 한 그루 남아 있지 않다면 그건 더 이상 우리가 살 터전이 아니다.

모르긴 해도 얼마 지나지 않아 히말라야 안나푸르나까지 리프트를 타고 올라가려 할 것이고, 지구가 아닌 달나라에도 개발과 오염, 공해라는 복음을 전파할 것이다. 이 세상의 모든 산들은 아무 잘못도 없이 눈물을 흘릴 것이며, 모든 숲들은 시름시름 앓게 될 것이다. 물론 뒤늦게 그 눈물과 시름은 인간에게 고스란히 전파되고 말 것이다. 그러나 그 때, 다 멸망하고 지구의 아름다움이 남아 있지 않은 그 때 후회한들 무슨 소용인가.

그럼에도 여전히 방관자로 지켜보고만 있을 것인가. 아니 여전히 나서서 자연을 파괴하고, 이 어머니 대지를 죽이는 데에만 혈안이 되어 있을 것인가. 이제 그야말로 정신을 차릴 때다. 대자연의 생명이 곧 나의 생명이라는 가르침을 입으로만 떠들어 멜 때가 아니다. 이 아름다운 땅 지구가 사라지고 나면 우리의 사사로운 욕심 충족이 다 무엇이란 말인가. 지구에 풀과 나무와 숲이 모두 사라지고 나면 우리의 생명의 끈도 끊어지고 만다.

나 한 사람이 자각하고 생명 살림을 시작한다고 세계를 살려낼 수 있겠는가 하고 미리부터 포기할 것인가. 나 한 사람의 깨어남은 이 우주의 깨어남이고, 나 한 사람의 시작은 곧 법계를 감동시킬 것이다. 우리 모두가 내 앞의 작은 생명 하나를 살릴 때 이 지구는 다시 꽃피어날 수 있을 것이다.

근래에 들어 바쁜 일이 많아지다 보니 자연스레 마음도 번거로워짐을 느낀다. 그럴 때일수록 그 바쁜 가운데에서 바쁜 일상을 잘 챙겨봐야겠다는 생각을 많이 하게 된다. 일이 많아지면 자연스럽게 우리들 마음도 바빠지고 늘 뭔가를 해야 한다는 분주한 생각에 마음의 평화가 쉽게 깨어지곤 한다.

그런데 가만히 생각해 본다. 이렇게 해야 할 일들이 많이 있다지만 그 일들이 정말 그렇게 우리들 분주한 마음처럼이나 많은 것일까. 사실은 일이 많다고 해서 내 마음까지 일이 많을 필요는 없다. 오직 이 한 순간은 다만 한 가지 일을 하면 된다. 그런데도 일이 많아지다 보면 괜히 우리 마음까지 바빠지고 분주해져 실제 일의 양보다 마음에 쌓인 일의 양이 더 많아진다. 그러면 정신이 없어지고, 일 때문에 내 마음이 휘둘리게 마련이다. 내 중심이 일 때문에 흔들린다는 건 얼마나 안타까운 일인가.

아무리 바쁜 일이 있더라도 순간에는 그냥 한순간일 뿐이지 '바쁜 순간'인 것은 아니다. 찰나로 지나쳐 가는 한순간에 어찌 바쁜 일이 있을 수 있겠는가. 순간은 늘 한가하다. 그 순간에 그 일만을 할 수밖에 없기 때문이다. 그래서 선(禪)에서는 '한 가지를 할 때 바로 그 하나만을 하는 것'이 수행자의 살림살이라고 말한다.

요즘 사람들이야 얼마나 정신이 없고 할 일이 많은가. 정보에서 뒤지지 않으려면 TV 봐야지, 신문 읽어야지, 책도 봐야지, 인터넷 써핑도 해야지 할 일들이 그야말로 쏟아지고 있다. 그러더라도 지금 내게 주어진 바로 이 순간에는 오직 한 가지 일을 할 수 있을 뿐이다. 공연히 마음이 바빠 여러 가지 일을 동시에 하려고 하지만 그랬을 때 오히려 일의 능률은 감소된다. 오히려 한 번에 한 가지만을 할 때 거기에 더욱 집중할 수 있다. 여러 가지 일을 마음에 담아 두고 한 가지 일을 하는 것보다, 나머지 일들은 그냥 턱 놓아버리고 지금 이 순간 해야 할 바로 그 한 가지 일만 행하는 것이 그 일과 하나되어 일의 능률은 배가된다. 그랬을 때 일도 수행이 된다. 행하는 모든 일이 그대로 현재에 집중하는 삼매의 순간이 되는 것이다.

그저 순간을 살면 되지 지금 이 순간 오늘 하루를 다 살 필요는 없는 것이다. 오늘 하루 종일토록 해야 할 일을 지금 이 순간 다 짊어지고 갈 필요는 없다. 하기야 요즘 사람들이 어디 하루 일만 짊어지고 사는가. 한 달, 일 년, 아니 몇 십년 후, 노후까지 고민해 가면서 지금 이 순간을 얼마나 무겁게 만들고 있는가. 전 생애에 자연스럽게 펼쳐지게 될 우리의 새롭고 평화로운 순간순간들을 왜 애써 무거운 짐으로 만들어 이 순간에 다 껴안으려 하는가. 그 무거운 짐을 다 짊어지고 한 발 한 발 걷는다면 얼마나 힘에 겨운가. 그러다 보면 자연스레 속에서 화도 나고 일이 조금 안 풀린다 싶으면 짜증도 많아지게 될 뿐이다. 나머지 짐은 다 내려놓고 바로 지금 할 일만 딱 잡고 가면 몸도 마음도 가볍고 경쾌하다.

아무리 청소할 양이 많더라도 걱정하지 말라. 지금 이 순간 내 앞에 있는 휴지를 줍고 비로 쓸면 될 뿐 지금 이 순간에 이 모든 양의 청소를 다 해치울 필요는 없다. 마음에 일이 많으면 청소하는 내내 '이 많은 양을 언제 다 치우나' 하는 무거운 생각 때문에 일도 망치고 마음도 무겁다. 바쁜 때일수록 마음을 챙기고 여유를 가지라. 하나를 할 때는 바로 그 하나만을 하라.

모르고 사는 즐거움

새벽 도량이 쩽쩽하다. 유난히 새벽녘에는 새소리가 크게 들린다. 대충 흘려들어도 예닐곱 종류 이상의 새들이 매일 아침 예불에 동참한다. 조용히 새소리를 듣다 보면 이놈은 어떤 새일까, 또 저 목소리를 가진 새는 어떻게 생겼을까, 많이 궁금해지고 그러다 보니 자연스레 새들의 삶이 궁금해진다. 마찬가지로 도량 주위로 포행을 하다 보면 사소하게 피어난 온갖 들풀이며 야생꽃들 또한 내 마음을 한참 동안 빼앗아 가곤 한다.

산에 사는, 농촌에 사는 사람들, 그리고 자연을 좋아하는 사람들이 나무와 풀, 꽃 그리고 새들이며 곤충에 대해 많은 것을 알고 있던 이유를 알 것도 같다. 세상 모든 것이 그러하듯 이름을 알고, 그 인연을 알고 마주했을 때와 그러지 않았을 때는 차이가 나게 마련이니까.

그렇더라도 나 같으면 꽃에 대해, 나무에 대해, 새들에 대해 책을 산다거나 애써 공부를 할 만큼 성의가 있지 못하다. 그저 필요할 때, 정 궁금할 때 책을 찾아볼 정도밖에. 꼼지락 거리기 싫어하는 게으른 내 습성 탓도 있겠으나 그 또한 하나의 번거로운 일만 벌이는 것 같아서이다. 무엇이든 아는 게 많다 보면, 취미가 많다 보면 시간도 많이 빼앗기게 되고 마음도 이래저래 많이 빼앗기게 되니 삶이 그만큼 번거로워진다.

또한 아는 지식을 통해서 그것들을 보게 되면 편견을 가지고 사물을 대하게 되는 어리석음도 범하곤 한다. 아무래도 식물이든 새든 곤충이든 그것들에 대해 책을 찾아보게 되면 주로 인간에게 이익이 되고 안 되고를 기준으로 좋고 나쁜 분별로 쓴 것들이 많아 그들에게 순수하게 다가서는 걸 막는 경우가 많다.

여행을 다닐 때도 마찬가지다. 기본적으로 우리는 여행이나 유적지 답사나 사찰 답사를 다닐 때는 그곳에 대한 역사적인 혹은 문화재적인 기본 지식은 가지고 가야 한다고 배웠고 또 그렇게 찾아갔을 때 더 많은 것을 느끼고 보고 배울 수 있는 것은 분명하다. 그러나 내 여행은 조금 다르다. 유적지나 사찰을 찾아다니면서도 그곳에 대한 많은 전문 지식을 애써 구하지는 않는 편이다. 어떤 문화재 전문가는 '아는 만큼 본다'고 말했다는데, 내 생각에는 아는 만큼 보는 것이 아니라 보는 만큼 그저 느끼면 되는 것이 아닐까 싶다. 알음알이 지식으로 세상을 걸러서 볼 것이 아니라 그저 '있는 그대로를, 있는 그대로 보고 느끼면 되는 것'이 아닐까. 역사나 지식을 무시하자는 얘기가 아니라 그것으로서 투영된 세상을 보는 것만이 올바로 보는 것이란 생각에 고집할 것은 없지 않겠나 싶은 생각이다.

　우리가 무언가를 볼 때, 과연 지식이 필요할까. 지식은 곧 판단과 시비를 낳고 그랬을 때 대상은 있는 그대로 순수하게 다가오지 못하고 좋고 나쁘거나, 혹은 옳고 그르거나 하는 차별의 대상으로 다가오고 만다. 그랬을 때 세상은 온통 둘로 셋으로 나뉘게 되고 세상을 향한 평등심은 사라지며 더불어 우리 마음의 평화는 깨지기 쉽다. 그러나 있는 그대로를 아무런 분별없이, 지식으로 거르는 작업 없이 다만 있는 그대로 보기만 할 때, 그 때 비로소 온전히 본다고 말할 수 있지 않을까?

몸공부 마음공부

건강에 대한 관심이 높아지고 있다. 그래서 몸에 좋다고 하면 무엇이든 구해 먹지 못해 안달이라고 한다. 하지만 특정 음식이 몸에 좋거나 나쁘다고 딱 정해놓는 것은 도무지 공감할 수 없다. 좋고 나쁜 음식이 어찌 따로 정해져 있겠는가.

머릿속에 음식에 대한 지식이 많고 그대로 골라 먹기만 한다면 그것 자체가 우리 몸을 많이 상하게 하고 말 것이다. 지식대로 음식을 먹는 것이나 몸에 좋으니 먹는 것보다는, 먹고 싶은 것을 즐겁고 맛있게 먹는 것이 더 근원적인 식단이 아닐까. 아무리 좋은 음식이라도 몸과 마음이 먹고 싶지 않다면 그것은 필요치 않다는 증거다. 우리 몸은 제 스스로 필요한 양분이 무엇인지를 알고, 또한 스스로 그에 합당한 음식을 찾게 되어 있다. 그것이 자연의 이치이고, 우리 인체의 신비로운 조화다.

〈몸에 좋은 산야초〉에서는 칼슘이 부족한 아이들은 화로의 잿 속에 손가락을 넣고 핥거나 흙을 파서 먹음으로써 몸에 부족한 칼슘 성분을 향해 본능적인 친화력을 느낀다고 말하고 있다. 자연은 또 어떤가. 한참 찌는 더위에는 수분이 부족하여 누구나 자연스럽게 물기 많은 먹거리를 찾는데 이 우주는 그런 요구에 맞춰 스스로 물기 많은 수박이나 오이 같은 음식을 이 대지로 내어 줌으로써 한없는 자비를 베풀고 있다.

이처럼 우리 몸도, 대자연도 온전한 삶의 길을 알고 있다. 이 우주라는 곳이 본디 그렇듯 저마다의 생명의 진리를 조화롭게 피워 올리고 있다. 그러니 우리는 다만 내면의 진리와 바깥의 대자연의 진리에 내맡기고 살기만 하면 된다.

그동안 우리는 음식에 대한, 또 의학에 대한 지나친 분별과 지식에 휩싸여 우리 스스로의 자연 치유 능력을 잠재워 왔다. 언제나 충만한 내면의 진리와 대자연의 진리를 망각한 채 욕심과 어리석음이 만들어낸 온갖 지식과 상술에 휘둘려 왔다. 정작 중요한 것은 인간의 이기와 욕심에서 기인하는 얄팍한 지식이 아닌 사람과 자연 그 내면 깊은 곳에서 피어나는 지혜의 숨결이다. 바로 그 지혜에 나를 맡기는 것만이 온전하다. 소중한 내 몸을 다른 어느 누구에게 맡기겠는가. 내가 치료할 수 없으면 병원에서도 치료할 수 없다. 중요한 것은 내적인 생명력이요, 그것이 바로 나와 대자연이 합작해 내는 자연치유의 힘이다.

그렇다고 패스트푸드를 먹으면서 안에서 스스로 필요로 하는 음식이니 먹어도 된다고 할 것인가. 그것은 대자연의 진리가 깃든 음식이 아닌 인간의 입맛과 편리성에 따라 욕심과 상술이 만들어낸 쓰레기음식, 정크 푸드에 불과하다. 화학성분이 가미된 자극적인 소스, 대량으로 사육하면서 가둬놓고 온갖 성장촉진제, 호르몬제 등을 맞고 불과 한두 달 만에 도살되어 올라오는, 도무지 사랑이라고는 담겨 있지 않은 그 햄버거나 치킨을 먹는 것하고 산에서 대자연이 만들어 낸 음식을 먹는 것 하고 어찌 비교할 수 있겠는가.

앞서 말한 마음에서 먹고 싶은 음식이란 대자연이 길러낸, 인간의 이기와 무명이 개입되지 않은 먹거리를 말하는 것이다. 그런 음식은 내적인 생명력, 자연치유력을 강화시켜 주고 그랬을 때 우리 몸에는 어떤 병도 침범하지 못한다. 모든 병의 문제는 병 그 자체에 있는 것이 아니라 병이 우리 몸 안으로 들어올 수밖에 없도록 방치해 놓은 내 몸에 있기 때문이다.

건강한 몸에 건강한 정신이 깃든다. 정신을 올곧게 지키는 것만큼 육신을 잘 지키고 돌보는 것도 중요하다. 몸과 마음이 둘이 아닌 까닭이다. 마음처럼 당신의 몸은 안녕한가?

왜 노후를 걱정하는가

얼마 전에 한 신문에서 현대인들이 생각하는 노후자금을 조사했다. 몇 억에서 몇 십억 정도는 있어야 한다고 대답한 사람이 많았다. 아마도 여기서 말하는 노후자금이란 애써 일하지 않더라도 놀고먹고 마음껏 소비하면서 보낼 수 있는 충분한 자금을 말하는 것이리라. 그러나 생각해 보라. 마음껏 놀고먹으면서 소비하고 보내는 노후는 얼마나 비참하고 노망스러운가. 사람들은 그것을 삶의 행복으로 알겠지만 지혜로운 이라면 그러한 어리석은 노후를 과감히 버릴 것이다.

요즘의 세태는 어떠한가. 모든 사람들이 막강한 경제력이 뒷받침 되는 행복한 노후를 꿈꾸고 산다. 미래에 대한 불투명하고 불확실한 걱정들이 많은 축적과 소유를 부채질하고 있다. 미래에 잘 살기 위해서 지금 돈도 많이 벌어 놓아야 하고, 그러기 위해서는 악착같이 젊을 때 일해야 한다. 물론 사람인 이상 어찌 미래에 대해 걱정하지 않을 수 있겠는가. 그러나 미래, 노후에 대한 지나친 근심과 걱정은 지금 여기를 살아가는 우리들에게 참된 지혜를 놓치게 하며, 온갖 욕심과 집착, 소유와 이기에 물들게 하는 가장 큰 주범이 되고 있다.

먹고 사는 일, 노후나 미래의 문제는, 그 사람의 복 지은 바에 따라, 그 사람의 행위, 즉 업에 따라 저절로 꽃피어 나는 것이다. 몸과 말과 생각으로 어떤 삶을 살았는가에 따라 우리의 미래며 노후, 우리의 먹고 사는 일은 결정되게 마련인 것이다. 아마도 수행자의 힘은 이러한 사실을 믿고 실천하는 데에 있지 않을까 싶다.

수행자는 미래를 걱정하지 않는다. 아니 지금 이 순간이 그대로 미래라는 것을 안다. 어찌 오지도 않은 미래를 근심하고 걱정하느라 지금 이 순간의 삶을 망각하는가. 물론 현실적으로 그렇게 되기란 어려운 일이지만 그 정도 믿음과 지혜가 없고서야 어찌 수행하는 사람이라고 말할 수 있겠는가.

가난의 정신, 자족의 정신에 부응하며 살라. 미래를 위해 무언가를 축적하지 말라. 이 세상은 언제나 우리를 위해 음식이든, 의복이든, 집이든 필요한 만큼은 항상 준비해 두고 있다. 법계는 항상 필요한 만큼의 살림살이를 준비해 두고 있다. 부처님께서는 항상 수행자의 의식주를 책임져 주신다. 그 뿐인가. 성경의 말씀을 보라. '들풀도 하나님이 이렇게 입히시거든 하물며 너희일까 보냐. 믿음이 적은 자들아, 그러므로 염려하여 이르기를 무엇을 먹을까 무엇을 마실까 무엇을 입을까 하지 말라'고 했으며, 또한 '내일 일을 위하여 염려하지 말라. 내일 일은 내일 염려할 것이라'고도 했다.

이처럼 우주 법계의 본 바탕은 한없는 풍요로움이 가득한 곳이다. 신의 사랑이, 부처의 자비가 항상 하는 곳이다. 다만 어리석은 이들이 그 큰 사랑을 알지 못하여 자신의 이익을 챙기기에 여념이 없다 보니 더욱 부족해진 것일 뿐이다. 그런 본래의 풍요로움은 많이 축적한 사람만 많이 가져다 쓸 수 있는 것이 아니다. 그러한 풍족한 법계의 살림을 가져다 쓰는 것은 오직 비움과 나눔의 정신, 자족과 가난의 정신이 하는 일이다.

그러니 어떠한가. '내 것'을 많이 축적하고 소유함으로써 법계의 것을 '내 것'이라는 울타리 안에 가둬 놓지 말라. 그렇게 작은 소아적이고 이기적인 생각은 곧 법계를 울려 법계의 풍요로운 살림살이에서 제외시키고 말 것이다.

그러나 비움과 나눔, 자족과 가난의 정신으로써 맑고 청빈하게 살아가는 수행자는 곧 법계에서 베풀어 주는, 부처님께서 신께서 베풀어 주시는 필요한 만큼의 의식주를 항상 가져다 쓸 수 있다. 그런 마음의 능력, 마음의 큰 그릇을 가지고 있다. 그 마음의 능력은 스스로 만족할 줄 알며, 가난하게 사는 정신에서 나온다. 삼계의 대도사가 되고자 하는 대장부 수행자가 한낱 몇 년 뒤의 노후를 걱정할 것이며, 미래의 일들을 두려워할 것인가. 먹고 사는 문제에 얽매여 소인배가 될 것인가.

가을인가 싶더니 벌써 겨울의 한가운데로 와 있다. 지난주에 벌써 첫 눈을 맞이했으니 이제 얼마 안 있으면 하얀 세상이 온통 내려앉게 될 것이다.

얼마 전까지만 해도 온통 형형색색의 단풍들이 한껏 가을을 수놓고 있었다. 참 야속도 하지, 봄꽃들이 그러했듯이 가을 단풍 또한 한창 피어오른다 싶으면 그냥 바로 아쉬움을 남기고 잎을 떨군다. 지금은 도량 주위가 온통 낙엽 밭이다.

겨울철에 수북이 쌓인 눈을 밟을 때 발이 쑥 들어가는 것처럼, 지금 산을 오르면 수북이 쌓인 낙엽들로 발길이 푹푹 빠지곤 한다. 이맘때쯤 숲의 아름다움은 이런 낙엽에 있지 않은가 싶다. 낙엽들이 수북이 쌓여 있는 그 길 없는 산길을 걷는 느낌. 그 바스락거리는 산길을 온 몸으로 느껴보는 그 느낌. 그리고 또 하나 구름 한 점 없이 푸르고 또 푸른 가을 하늘. 그 시퍼런 하늘의 기상과 기운 그건 가을이 주는 더없는 축복이다.

그리고 이제 얼마 안 있으면 온통 하얀 눈이 내려 세상을 하얀 동화 속으로 안내할 것이다. 그리고 얼마 지나지 않아 또다시 봄꽃들이 만발하게 될 것이다. 이렇게 계절이란 언제나 우리를 행복으로 초대한다. 그러나 지극히 마음이 맑은 그래서 저 계절의 변화를 마음속에 담아낼 수 있을 만큼 텅 빈 가슴을 가지고 있는 소수의 몇몇 사람만이 그 초대를 기쁜 마음으로 받아들일 수 있을 것이다.

아마도 대부분의 사람들은 계절이 오는지, 가는지, 어디만큼 와 있는지 느끼지 못한다. 계절의 변화에 메말라 있고 무감하다. 그건 분명 우리들에게 주어진 그 무엇과도 바꿀 수 없는 행복과 평화로의 초대인데, 우린 그것을 받지 못하고 있다. 그 대신에 돈이나, 명예, 권력, 아니면 복권이나 투자 이런 것들, 아무도 초대하지 않았던 이런 곳으로 불청객처럼 애써 찾아가고 그곳에서 고통 받고 아파하곤 한다. 왜 그래야 하는가. 왜 초대하지도 않은 곳에 애써 찾아가 스스로 고통과 아픔을 감내해야 하는가?

행복은 어디에서 애써 찾는 것이 아니라 이미 우리에게 충분하게 구족(具足)되어 있는 것이다. 다만 그것을 받아들이면 된다. 물이 흐르고, 산이 푸르고, 계절이 변화하는 이 대자연의 변화, 이 신비로운 계절의 변화는 항상 우리를 행복으로 초대하고 있다. 왜 자꾸만 그 초대를 외면하며 다른 것을 찾아 헤매는가. 대자연이야말로 모든 명상과 치유의 품속이며, 모든 마음의 평화와 행복이 거기서부터 움튼다.

그러면 어떻게 그 대자연이 주는 초대에 응할 수 있는가. 마음을 비워야 한다. 마음이 꽉 차 있으면 대자연의 초대를 받을 수 없고 소리를 들을 수 없다. 초대되지 않은 모든 것들로부터 마음을 허공같이 비울 수 있어야 한다. 모든 집착을 버리고, 번뇌를 쓸어내리고, 욕심을 놓아버릴 때, 그 텅 빈 우리 마음은 대자연을 닮아간다. 대자연의 평화와 고요함을 그리고 그 호흡을 닮는다.

그랬을 때 우리 앞에 펼쳐진 모든 삶은 하루하루가, 아니 매 순간순간이 새롭고 경이롭다. 대자연은 한 순간도 가만히 있지 않고 항상 새로운 모습으로 새로운 준비로서 우리를 초대하고 있으니까.

나는 어떠한가. 계절의 초대를 받았는가. 그 평화로운 초대를 거절하지는 않았는가?